LOCUS

LOCUS

mark

這個系列標記的是一些人、一些事件與活動。

mark 161

愛與哀愁的道程

著　高村光太郎
譯　吳繼文

編輯　連翠茉
校對　呂佳真
美術設計　許慈力

出版者：大塊文化出版股份有限公司
台北市 105 南京東路四段 25 號 11 樓
www.locuspublishing.com
讀者服務專線：0800-006689　TEL：(02) 87123898
FAX：(02) 87123897
郵撥帳號：18955675
戶名：大塊文化出版股份有限公司
e-mail:locus@locuspublishing.com
法律顧問：董安丹律師、顧慕堯律師

總經銷：大和書報圖書股份有限公司
地址：新北市新莊區五工五路 2 號
TEL：(02) 89902588（代表號）　FAX：(02) 22901658

初版一刷：2020 年 9 月
定價：新台幣 380 元

ISBN　978-986-5549-01-5
Printed in Taiwan

國家圖書館出版品預行編目資料

高村光太郎：愛與哀愁的道程 /
高村光太郎著；吳繼文譯.
-- 初版. -- 臺北市 大塊文化，2020.09
面；　公分. --（mark；161）

ISBN　978-986-5549-01-5（平裝）

861.478　　109011226

愛與哀愁的道程

高村光太郎——著
吳繼文——譯

目錄

回想錄（散文）

一

我的父親於八十三歲那年辭世。昭和九年吧，我幾歲了呢？我對歲數這東西幾乎毫無概念。話說我結婚的時候也不知道妻子幾歲。妻子也沒問過我的年齡。她去世前五、六年我們去了一趟區公所，我才第一次知道妻子的歲數，也才了解她只比我小三歲。我認為此時此刻眼前的事事物物是最重要的。過去如何如何完全不在我的考量之中。如果從前很好便罷，即使過去不怎麼樣，只要現在是好的就夠了。我就是這樣一個人，要我回顧過去的自己，解剖自己所作所為，幾歲的時候喜歡什麼什麼，到了幾歲經過檢討又改走這樣那樣的路等等，單想就煩。所以從沒想過。我對自我解剖毫無興趣。這就是為什麼最近常常被問起過去種種，我卻一問三不知的緣故。

日記也是寫寫停停。生平最緊張、最重要的時期，根本沒時間寫日記，以致日後自己最想知道的部分，日記都付諸闕如。

何況我們所謂的記憶，是否都是正確的事實也深值懷疑。當我們將過去的事實一次次從記憶中喚醒的過程，在我們回想的同時也陸續將這件事實加以潤色，然後不知不覺間將它當作真正的事實而取代原先的記憶，這也是常有的事。我從小聽父親講他過去的一些事，同樣的事經他說過幾次後，我發現很多細節都變了個樣。在回顧的當下，隨著氣氛、情緒的不同，記憶也就逐漸轉為別的風貌。究竟而言，所謂歷史或許就是這樣堆積出來的——根據無數的事實所進行的一種創造性行為。

父親小時，十二歲就離開淺草清島町（Asakusa-Kiyoshimacho）陋巷的家，到佛像店當學徒。清島町的家與河童橋[1]大馬路相通。在有人賣奇怪蝮蛇乾的空地後面，許多狹小陰暗家屋中的一間；附近一帶似乎全都是這樣的住家。祖母就是在這裡養育父親長大的。

關於我們家族祖上的事跡幾乎一片空白，僅有的一些都是從父親那邊聽來的，

1 河童橋（Kappabashi），現通作合羽橋（音同），過去是架在淺草新堀川排水道的橋梁，今已不存，只留下路名，為遠近知名的廚具一條街。

據說原來是鳥取[2]地方的武士階級，文化年間[3]移居江戶，成為町人[4]做買賣營生。在江戶的第一代祖先人稱「落腮鬍的長兵衛」，大概跟父親一樣一臉大鬍子吧，此外一無所知。

祖父是個時運不濟的人，自小吃了很多苦頭。他的父親，也就是我的曾祖父[5]，據說很會唱在嘉永[6]之後德川幕府末期風靡一時的三味線音樂富本（Tomimoto）調，優美的歌喉頗受好評，卻也為此遭嫉而被迫喝下水銀。之後聲帶就啞了，人也無法站立，或許是這個緣故而罹患類似中風的病。祖父自小就要照顧他的父親，不管是去澡堂或到哪裡都要他背。生意方面原來好像是做魚販子，後來也做不下去了，住在清島町的貧民窟，只要能餵飽生病的父親，在大馬路上什麼東西都賣過。比方用紙精心摺疊成可以變成各種形狀的「文福茶壺」[7]，或是會噴水的「河豚水槍」等等無奇不有。做這些買賣，必須和其他小販結盟，於是正式加入了攤商為主的幫派「花又組（Hanamatagumi）」——父親在《光雲自傳》[8]中完全沒提到這一段。後來祖父還成了幫派老大。祖父身材矮小，嗓門倒很大，罵起人來大家都噤聲不敢回嘴。本名中島兼吉（Nakajima Kanekichi），後改名兼松（Kanematsu），人稱小兼（Chiikane），在淺草好像是個響噹噹的一號人物。祖父的弟弟在甲府[9]那邊混到成為一方的大哥，是個魁梧有力、武功了得的人；祖父因為有這樣一個弟弟，勢力也變得非常強大。遇到打架總是由弟弟出面。據說還可以召集江戶各角頭進行糾紛仲裁。我小時候不管到

2 鳥取（Tottori）位於西日本面臨日本海的山陰地方東部，是日本四十七個都道府縣行政區中人口最少的一個縣。

3 「文化」為光格、仁孝兩天皇共用的年號，文化年間（一八〇四至一八一八）是德川家齊擔任幕府大將軍的時代。

4 町人是江戶時代住在城市的職人、商人總稱。

5 名叫中島富五郎（Nakajima Domigoro）。

6 「嘉永」（一八四八至一八五五）為孝明天皇的年號。

7 日文原作「文福茶釜」，典出民間故事：狐狸化身的茶壺，有頭、腳和尾巴，可以表演走鋼絲或其他特技。

8 高村光雲（Takamura Koun，一八五二至一九三四），雕刻家、佛師（佛像製作），東京美術學校木雕科主任，代表作有一八九三年芝加哥世博會展品《老猿》、一八九七年完成的上野公園《西鄉隆盛像》等。光雲幼名光藏（Mitsuzo），本姓中島，成為佛師高村東雲徒弟後，戶籍上登記為東雲之妹悅的養子，改姓高村，作者光太郎為其長男。

9 甲府（Kofu）位於山梨縣甲府盆地，離東京不遠，被視為大東京地區的一部分。

哪裡去看雜耍、表演都不用付錢，那時我也不懂為什麼，長大之後才想通。都是一些小哥哥們背著我去的。架是怎麼個打法，也是祖父告訴我的。但祖父退出江湖後，那些幫派中人還是繼續在祖父住處進進出出，父親其實很不以為然。我還記得祖父頭上結個頂髻，夏天身上只穿條丁字褲[10]四處溜達的模樣。那時已經頒布了裸體禁止令，警察看到會對他說「大爺，現在不可以在外面赤身裸體了哦」，接著就聽到兩個人在那邊大小聲。然後祖父會把半透明的蚊帳像和服一樣穿在身上，若無其事從派出所前面走過去。我們家搬到谷中（Yanaka）後，祖父就住到對面的長屋裡過著退休生活，長屋的格子窗後面是紙拉門，到了傍晚祖父開始在紙拉門上表演他的皮影戲，獲得大家的喜愛，總是聚集很多人觀賞。祖父的歌喉本來就好，還畫得一手「大津繪」[11]，他一邊操作皮影，一邊伴唱，樂此不疲。他個性開朗不拘小節，現在想想才了解到他帶給了大家多少歡樂。

祖母在我出生的明治十六年（一八八三）過世，她也是個了不起的人。她是埼玉（Saitama）縣一個姓菅原（Sugawara）的神官[12]之女，留下若干手跡，字寫得非常漂亮；

由於出身神官家，不但會創作和歌，還懂得堪輿與曆算，從她留下來的手跡內容看來，肯定是個有相當教養的人，怎麼會嫁給一個攤販子實在難以想像。聽人說她是被誘拐來的。後來成為祖父的繼室，一心扶助祖父，也感化了祖父。祖父本來是混幫派的，因為有了祖母才浪子回頭的樣子，至於是在什麼契機下發生並不清楚，總之金盆洗手，在我父親結束學徒生涯時已經又是白紙一張，然後正式退休，將家長的位置讓給了父親。

父親有個哥哥，是祖父前妻所生，一直保持中島這個家姓，擅長木工，很會蓋房子。父親本來要被送去金華山的寺院剃度。之所以要去金華山，很可能是祖母的緣故，畢竟那是神佛混淆[13]的年代。但是去理髮店整理髮髻的時候，理髮店的師傅說

10 日文作「褌」（fundoshi），是到二次大戰為止多數日本男性穿著的內褲，形式多樣，主要由一條帶狀棉布纏綁而成。

11 大津繪（Otsue）是滋賀縣大津地方在江戶初期開始出名的民俗繪畫。

12 神官是日本官派的神職人員，負責神道教設施的管理、祭祀等事務；神官制度於二次大戰後廢止。

13 「神佛混淆」或作「神佛習合」，是佛教傳入日本後，與土著的神道信仰融合而產生的一種信仰體系，直到明治維新頒布「神佛判然令」為止，持續了千年以上。

「到那種地方去可惜了，正好有人在徵學徒」，就這樣去了高村東雲[14]的佛師店。從十二歲開始做了十幾年的無薪學徒，期滿之後又多做了兩三年回報師恩，到了二十好幾才終於出師獨立。這一切都是依照當時的慣例。那也是明治初年開始實施徵兵制的時代，規定繼承家業的長男可以不用當兵，於是也學別人登記為師父妹妹高村悅（Etsu）的養子，名叫高村幸吉，不過只是戶籍名義上的改變而已。之後父親在西町（Nishimachi）三番地慢慢成家立業，祖父一如前述交出家長的位置，並從清島町搬了過來。

西町長屋的家是名副其實的陋室。來自上野廣小路（Ueno-Hirokoji）的一條水溝在長屋前面轉了個曲尺般的彎流進排水道三味線堀（Shamisembori）。離家不遠即是名叫佐竹原（Satakeppara）的一片雜草叢生大空地，而長屋後面則是染坊的曬衣場。祖父那幫兄弟曾經在佐竹原搞了一個奈良大佛的複製品，然後收取參觀費賺錢。父親因為是學佛像製作的，個性又直率，看了忍不住說這木板要怎麼怎麼裝比較好，結果對方覺得有理，商請他擔任複製大佛的總督導。大佛裡面叫伽藍洞，架設階梯，沿著階梯裝飾了各種圖像，我還記得奪衣婆[15]身穿白衣，眼珠子還會動，非常恐怖。從大佛的眼睛和鼻孔看出去，可以看到在品川的台場海域航行的船隻。在父親的設計下，大佛像用了很多石材，展覽結束後拆除變得很麻煩，即使那年神田明神祭典[16]時颳的強烈暴風也只把它吹壞一半。父親參與了這種獵奇展覽會的事，後來也出現在幸田露伴[17]的小說中，不過露伴先生是我們搬到谷中之後才認識的，在西町期間我們家和藝文界並沒有什麼往來。

14 高村東雲（Takamura Doun，一八二六至一八七九）為幕末至明治初期著名的佛師，本名奧村藤次郎，江戶佛師高橋鳳雲（Takahashi Houn）的弟子，出師後改名高村東雲。

15 奪衣婆初見於中國經典《佛說閻羅王授記四眾逆修七往生淨土經》，日本於十二世紀據此經而造《佛說地藏菩薩發心因緣十王經》（偽經），裡面提到在三途之川（冥河）剝取亡者衣物的鬼婆，常出現在鎌倉時代以後許多勸善懲惡的講經與地獄圖繪中。

16 神田明神（Kandamyojin）正式名稱是神田神社，位於東京外神田，是神田、日本橋、秋葉原、築地魚市場等一〇八町會的總氏神，以江戶三大祭之一的神田祭聞名；神田祭與京都祇園祭、大阪天神祭合稱日本三大祭。神田祭過去在農曆九月十五日舉行，現在則改為新曆五月中旬。

17 幸田露伴（Koda Rohan，一八六七至一九四七），小說家同時也是漢文學、日本古典文學家，代表作有《五重塔》、《命運》、《水城東京》等。

每到歲末，父親會拉著輛板車四處兜售酉之市商展的幸運物長柄耙[18]。一整年不斷準備一些紙糊的材料，家中永遠瀰漫著白色顏料「胡粉」[19]的臭味；最後在長柄耙貼上金箔，堆在板車上叫賣。這種事至少連續做了兩三年，無非是因為單靠佛師的生意不足以養活全家。但也是在這段期間，作為雕刻家的名聲慢慢打了開來。父親的作品被偶然經過的石川光明[20]先生整個瀏覽了一遍，透過他的幫忙，得以在美術展覽會參展。「矮雞」[21]就是那時的作品。即使到今天我都還認為「矮雞」雕得極好。依稀記得是我五歲前後的事了，那時看了就覺得矮雞雞冠那些圓形弧線處理得極為逼真。之後參與了皇居的營建，還雕刻了皇后房間擺設的日本狆犬。

然而那個年代的雕刻家——一般人口中的雕刻師——和現在不同，與社會完全沒有互動，鑑賞家到展覽會參觀後委託製作的事也幾乎不會發生。當時若井兼三郎、外山長藏、金田兼次郎、三河屋幸三郎等貿易商頻頻來拜訪父親，叫作弁慶的德國人（因為發音相近所以父親都這麼叫他）[22]還有橫濱商會的夥計也不時前來。父親為了養家活口，很難從事純粹出於自己構想的創作，而為了製作煙斗、墨水台、陽傘柄、刀具、鐔台、鏡框等等的鑄模，必須先試雕成各式木模：煙斗做成醜怪人面，嘟嘴部分當吸口、額頭綁頭巾的部分裝煙草，或是長短不對稱的鏡框組合、蟹鉗形的筆架等等，做了許多迎合西洋人喜好卻沒什麼品味的東西。一個十錢、二十錢的廉價東西，如果想賣一元，就不得不別出心裁。材料以樟木為主。父親做事手腳非常利落，但製作這些東西快不起來，做得也不是心甘情願，但為了生活只好老實接下來做。當時象牙雕的東西在橫濱很有市場，利潤也可觀，但父親是學木雕出身的，對牙雕多少有些抗拒因而不予考慮。期間同時也接一些製作鑄件蠟模的工作。

18長柄耙日文作「熊手」，因為可以把很多東西耙在一起，象徵生意興隆，所以是酉之市商展的熱門商品。
19胡粉是以貝殼（碳酸鈣）為原料製成的白色顏料。
20石川光明（Ishikawa Komei，一八五二至一九一三），明治時代雕刻家，以浮雕技法融入作品為其特色。
21矮雞（Chabo）是一種體型嬌小的觀賞用品種，被日本官方指定為天然紀念物。
22弁慶（Benkei）即武藏坊弁慶，平安時代末期的傳奇武僧，出現在許多文學、戲劇作品中，是日本家喻戶曉的人物。

那時常常進出父親工作室的主要都是這些貿易商，石川光明先生等同行也會來的樣子，但不太有印象。佛師方面，會來找父親的倒不少。父親有一個師兄弟叫林美雲（Hayashi Biun），他在師父東雲過世後，視父親如師，常常過來西町這裡。第一個用銻[23]製作湯匙、半是商人半是職人的和達（Wadachi）先生也常來，我們全家都很歡迎他。還有一個常客鎊半先生，是金屬裝飾職人，手藝非常精巧，他所製作掛在供奉觀音菩薩的佛堂上類似繪馬[24]的祈願匾額，我曾經跟父親要了一塊小的，至今還放在身邊。它看起來毫不起眼，其實需要相當的工夫。父親和其他職人之間的交際互動還很多，不過在東雲先生辭世後，與佛師們的關係也就淡了，慢慢不再往來。

我們從西町搬到仲御徒町三丁目那年正逢憲法頒布[25]，所以是明治二十二年（一八八九）。那時父親病得很厲害，我還記得聽到家人說「隨時都有可能會走」一時沉重的心情。後來雖轉危為安，但雙手不自主地發抖，有一年左右完全沒辦法工作。因此之故在仲御徒町期間窮得簡直家徒四壁。山本國吉（後來的瑞雲先生）[26]拚了命幫父親的忙，再將完成的作品拿去三幸商會出售，才有辦法支付當天的藥錢。

我記得也曾陪母親拿作品去過三幸商會。

母親的爸爸在小舟町（Kobunacho）附近一家叫金谷的碾米廠討生活。母親本叫阿若（Waka），後改叫阿豐（Toyo），生活極為困苦，我祖父是個心地很好的人，向對方提親，說給我們家小子做媳婦吧，其實也是同情母親的處境，讓父親娶了她。母親等於是在窮途末路時被父親拉了一把，所以婚後心中完全沒有自己，全心全意幫父親操持這個家，可說是鞠躬盡瘁。我覺得這樣子的母親，就像所有典型的日本母親一樣，非常了不起。在貧無立錐的狀況下什麼苦都能吃。她雖然沒讀什麼書，但領悟力很高，字寫得很好，學的是御家流[27]。由於祖父自己是金盆洗手的人，所以從父親這一代開始嚴禁家人接觸樂器和賭博。母親本來很會唱三味線音樂的長唄，也擅

23 化學元素銻是具有金屬光澤的類金屬，最大的用途是與鉛、錫製作合金。
24 繪馬是到神社和寺院祈願、還願時奉納的長方形或五角形（家型）木板，上有文字和圖繪。
25 指《大日本帝國憲法》，於明治二十二年（一八八九）二月十一日頒布，次年十一月二十九日開始實施，不是戰後（一九四六年）頒布的《日本國憲法》（又稱《昭和憲法》）。
26 山本瑞雲（Yamamoto Zuiun，一八六七至一九四一）於明治十五年（一八八二）入高村光雲門下習藝。
27 「御家流」是日本書道的一個流派。

長吹能樂的笛子，婚後這些都不得不放棄了。母親對傳統習俗非常尊崇，精通年節所有行事，祭拜等等全都照規矩來。我現在回想那些習慣，覺得都很有意思。

說起來無非是些生活中的瑣瑣碎碎，但這樣一整年都過得清清楚楚，從一月開始到十二月為止，生活就是由這些細節相關的記憶連結起來的。其中多少有些迷信的成分，比方除夕那天神社的神官會來家裡，帶領大家祭拜灶君「荒神」並進行消災祈福的儀式後才回去，這些家庭的情趣至今仍深深印在我腦海中，全都是託母親的福。母親總是在左支右絀中將一切搞定。她把竹筒掛著，一錢二錢的往裡面放，一定要累積到月底夠付房租為止。後來父親開始擔任美術學校的老師，生活總算有了基本保障，但學校老師同事之間難免要交際應酬，弟子也多了起來，父親繼承祖父的海派作風，愛面子又出手大方，這肯定給母親帶來不小壓力。遷居谷中後，因為成了學校的教員，所有人一律稱呼父親為「老師」[28]，父親教完課從學校回到家裡，小孩和弟子們全都要到玄關排隊迎接，一開始我們這些小孩都覺得很驚訝。那時只要是在有點聲望的學校教書的老師，一般出門都要叫人力車代步。聽到車夫大聲說

「回來了」，加上早就在門口排好準備迎接的弟子們，都凸顯了「老師」的地位。首先要注重威儀，以前訓練職人都會強調這一點。父親的所有缺點，母親都掩飾得很好，盡量不要讓外人看到，在那個時代是理所當然的事，卻煞費苦心，等母親不在了才知道做起來有多難。

憲法頒布時，美術學校已經成立了。竹內久一（Takeuchi Kyuichi）先生是第一個雕刻老師，他過來和父親交涉，要父親無論如何答應前往任教。父親覺得在美術學校教雕刻是很奇怪的事，當即拒絕了，但又被岡倉天心[29]先生叫出去，經過懇切的勸說後，父親總算答應。我還記得天心先生有一次突然到訪的情景。不知道去了哪裡，到我家的時候已經半醉狀態，還問家裡有沒有酒，家人趕忙出去買酒，鬧得人仰馬

28 日文作「先生」。
29 岡倉天心（Okakura Tenshin，一八六三至一九一三），明治時期美術家、教育家、思想家，東京美術學校（現東京藝術大學）首任校長，後與橫山大觀等人創設日本美術院，也曾任波士頓美術館中國．日本美術部主任，著有《日本美術史》以及以英文寫作出版的《茶之書（The Book of Tea）》、《日本的覺醒（The Awakening of Japan）》等。

翻。由於是夏天，就到客廳落地拉門全開的地方，點上兩根加上玻璃燈罩的蠟燭，大家盤腿而坐，聽興致高昂的大人聊到三更半夜。天心先生一喝酒就變成大舌頭，根本聽不清楚他在說些什麼，即使口齒比較清楚的地方，做小孩子的也不懂說的是什麼意思，所以對那些談話完全沒印象。我只記得他瞇著眼睛看著我的銳利眼神。我覺得他是一個爽朗大氣的豪傑，好像家裡來了一個和普通人很不一樣的歷史人物似的。父親過去很愛喝酒，這時幾乎已經完全戒掉，但天心先生一直勸酒，他推託不掉只好勉強喝幾杯，我看在眼裡，雖然是小孩也可以理解他的無奈，雖然還不至於覺得厭惡，心情卻很沉重，暗暗期盼天心先生趕快回去。他們侃侃而談關於雕刻以及其他藝術方面的話題，父親興許是佛師店學徒時代的習慣，老是說「尊意甚是、尊意甚是」，我覺得他大可不必這樣說話。

美術學校在岡倉先生主政的時代，老師們一整年只要能照顧好學生，除此之外校方一律不會干涉，到不到校都無所謂，所以老師們都會製作一些可以當作模型的雕刻放在學校，同時一直都會有官方機構或相關團體前來訂做紀念像。老師只要進行這些製作，也等於是教學的一部分，學生在一旁觀看即可學到不少。比方說父親參與製作的楠公銅像[30]，這個部分我所知不多，西鄉隆盛銅像[31]製作的經緯我就記得很清楚，那時美術學校還特別搭建了一座臨時小屋。楠公像的木刻模型完成後，先送進二重橋[32]裡面進行修飾，然後請明治天皇過目。父親作為總負責人，所以由他主持淨化、驅邪的撒鹽儀式。鎧甲前面附掛的劍因為忘記打楔子固定，當陛下突然從御座走下來，繞著雕像仔細觀看，誰知那把劍卻搖搖晃晃的，記得後來聽人說，如

30 楠公即楠木正成（Kusunoki Masashige，生年不詳，一三三六歿），鎌倉時代末期到南北朝時代武將，於湊川（Minatogawa）之戰中敗北自戕，遺言「七生報國」，由於中世紀歷史小說《太平記》對其忠義精神的描寫，長期被尊為日本史上最偉大的軍事天才；一八九〇年住友財團為紀念別子銅山開坑兩百年，委託東京美術學校製作楠公像，由木雕刻主任高村光雲為首的多位雕刻老師合作，歷時十年，立於皇居前廣場，銅像、花崗岩台座各高四公尺，其中頭部為光雲所作。

31 西鄉隆盛（Saigo Takamori，一八二八至一八七七），薩摩藩（鹿兒島）武士、政治家，為結束江戶幕府統治，促成大政奉還、明治天皇踐祚的關鍵人物之一，後因主張征韓而失勢，在同樣失意的武士階層擁護下發動西南戰爭，最終不敵政府軍，兵敗自殺。西鄉隆盛像立於東京上野公園。

32 皇居正門入口與皇居間有兩座橋，從皇居前廣場首先經過的是正門石橋、之後是正門鐵橋；鐵橋名二重橋，但一般常誤認正門石橋為二重橋。

果當場劍掉了，負責人是要切腹自殺的。這個木模我後來也在學校看過。儘管木模做好了，但金屬翻鑄技術仍然不夠成熟，於是派岡崎雪聲（Okazaki Sessei）老師到國外研究翻銅法。之所以如此慎重，是因為在當時這是一件大事。還有後藤貞行（Goto Sadayuki）老師也和銅像製作有關，由於有人批評說馬在那樣的狀態下，尾巴是不會向上揚起的，後藤先生為了反證，特別安排一匹馬，先讓牠快跑然後突然拉住，證明在這種情況下馬尾是會上揚的。後藤先生對馬的解剖很在行，從生物學的角度也很懂馬，但對木刻原型缺乏雕刻專業上的理解，有時父親會覺得困擾，於是問他「馬腳讓它多彎一點不好嗎」，後藤先生卻回他「馬的那個部位不會那樣彎法」，讓父親一下語塞，「的確是這樣，但有沒有什麼辦法再彎一點呢？雕刻作品必須呈現力量的走勢才會生動，麻煩再想一想」，常常要這樣一次又一次商榷。

製作西鄉隆盛像時在學校運動場上蓋了座小屋，做了許多木雕模型。我讀小學上學、放學都經過那裡，每一次都停下來看。雕像製作過程，很多過去認識南洲[33]的高官顯要陸續前來關心，並提出各自記憶中南洲的風貌。伊藤博文[34]等人說雕像應該穿陸軍大將的服裝，海軍大臣樺山資紀[35]則大力主張應該表現西鄉回鹿兒島狩獵的形象，因為這樣才能顯示西鄉的真正面貌，不容商量，最後採用了他的建議。南洲腰上綁的是捕捉獵物的網繩。我也記得樺山先生指著那個地方大罵的樣子。原型製作花了很長時間。從最小的原型開始，後來又放大做過兩次。垂吊了準錘，依照等比例裁切木頭逐漸放大，然後再將不同部位的木頭一層層組合。山田鬼齋（Yamada Kisai）老師、新海竹太郎（Shinkai Taketaro）老師還有其他很多人一起分工合作。整個製作過程每個步驟都是同樣審慎而嚴謹。因為刨削工具尺寸極為巨大，使用起來有很多需要注意的地方，木工部分的工作量特別大。讓學生每天在一旁觀看並記住各種細節，我覺得是最好的學習。竹內久一老師製作日蓮上人像的木雕原型時，也同樣

33西鄉隆盛幼名小吉，號南洲。
34伊藤博文（Ito Hirobumi，一八四一至一九〇九），政治家，明治憲法主要起草人，立憲後為第一任總理大臣，初代韓國統監，後在哈爾濱車站被韓國獨立運動家安重根暗殺。
35樺山資紀（Kabayama Sukenori，一八三七至一九二二）為薩摩藩出身的政治家，海軍大臣、首任台灣總督；日據時代台北市樺山町取名即來自樺山資紀，已廢除的華山車站、現在的華山創意文化園區皆在舊樺山町中。

在學校裡面搭建了不小的工作室。後來翻銅失敗，日蓮的胴體開了很大的洞，我們還在洞裡爬進爬出遊玩。翻銅最為成功的是楠公像。最慘的則是尺寸巨大的日蓮像[36]，由名叫櫻岡三四郎（Sakuraoka Sanshiro）的老師接下翻銅的任務。岡倉先生主持校務的時代整體而言學校是綜合性的發展，既教授雕刻，也接觸木工，同時觀摩翻銅的技巧，對學生都是很好的。學科方面，雕刻科的學生也要學習日本畫。我們也利用描摹底本進行練習。我記得看過横山大觀[37]、菱田春草（Hishita Shunso）等人大量練習的作品。

正木直彥（Masaki Naohiko）氏擔任校長後，這樣的校風一轉，變成一般的學校組織，校務管理全部歐化，制服也改為西式。之前大家都穿闕腋袍[38]。教師必須準時到校，定時下班。公布官吏服務章則，上面明文規定作為公務員的教師不可以從事學校教學以外的工作，父親看了大驚，說「以後在家裡也不能工作了」，因此都不敢接外面委託的製作。後來校方調整說法，說教師自己接工作並不違反規定，父親說了句「無聊」重又開始接受委託。但也因為這樣，父親有一段時期都沒有作品。

岡倉先生辭任美術學校校長時，父親也同進退，一起離開了學校，但不久又回任[39]。據說一方面岡倉先生希望父親留在學校，而文部省也施壓的緣故，所以最後還是回到原點。我認為父親太窩囊，覺得非常憤慨。後來我和父親提起這件事，他解釋這樣做都是為學生好，凡事不要太過激進。現在想想，從藝術發展的大方向而言，並不是什麼大不了的事，但父親回到學校的決定，我至今還是覺得很遺憾。

我和父親很少一對一談話，有客人來訪時，他會叫我幫忙上茶。母親也了解父親的意思，總是要我一起接待來客。我就坐在一旁聽他們談話。父親一邊和客人聊

36 日蓮聖人銅像立於福岡東公園，高近十二公尺，重約七十五噸，為日本第三大銅像。

37 橫山大觀（Yokoyama Taikan，一八六八至一九五八），東京美術學校首屆學生，師事岡倉天心，確立取法西洋畫法的沒線描法（朦朧體）風格，為近代日本畫壇巨匠，代表作有列入重要文化財的《瀟湘八景》、《生生流轉》等。

38 闕腋袍是腋下不縫合的和服上衣。

39 岡倉天心和一些同事希望推動新日本畫運動，受到保守派排斥、抹黑，於一八九八年三月辭退校長職，高村光雲等三十餘名教師在〈辭任契約證〉上署名以示抗議，但在文部省介入處理後，高村光雲等十餘名教師退出連署，最後離職的有十七人，史稱「東京美術學校騷動」。

天，但有些話其實是講給我聽的。我因為常常被使喚，有時覺得很厭煩，有時則是越聽越氣。雕刻界或美術界一些獎項的暗盤操作，彼此弟子之間輪流拿金獎、銀獎，這次誰先委屈一下，等下一次比賽再給他第一名等等，都是內定好的，我常常聽到這類對話。

另外雖然父親工作時我始終跟在他身邊，但他從來沒有像給弟子上課那樣的態度教我。父子之間這樣做反而很尷尬。父親的個性更是一個沒辦法一板一眼對自己孩子說教的人。對別人可以客套，對孩子不行。倒是他對弟子們說話都和藹可親。所以他和弟子互動的時候，我一定坐在旁邊恭聽。大概父親說話時也意識到我在旁聽吧。

父親關於雕刻常常強調「收斂」的概念。以外國用語來說，或許跟「結構（construction）」有關，但是跟他們所要表達的意思並非同一件事。如果真能做到「收斂」的話，羅丹所謂「面（plan）」[40]自然能夠呈現出來。雕刻上與「面」相當的觀念在日本是沒有的。「面」是歐美藝壇的觀念，但「收斂」如果能夠掌握好，

「面」即可表現出來。父親所追求的無他，「收斂」而已。他常說雕刻作品最忌諱贅肉。如果還有贅肉，就是缺乏收斂，牙雕的職人改做木雕時作品常會出現贅肉，父親一再強調這樣是不行的。石川光明老師的雕刻，在我們看來，他作風之所以顯得一派雍容，正在於那些贅肉，但以父親的觀點，則需要更加收斂才行。象牙雕刻品是以重量來定價的。像石川老師創作的精品另當別論，一般作品都是稱斤論兩買賣的，所以牙雕職人在製作過程都會注意盡量不要削掉太多。多半是在圓筒形或圓錐形中，以不過分削鑿為原則雕出圖像。如此一來依照父親的標準當然是贅肉充斥。

父親對雕刻的「角」也非常重視。這和外國所謂「面」是同樣的道理，「面」如果能清楚展現，「角」自然可以顯示出來。只不過觀點還是有些差別。此外就是「飽滿」。當然是必須合乎「收斂」原則的「飽滿」才行。甚至可以說日本式雕刻的特

40 法國雕刻家羅丹（Auguste Rodin，一八四〇至一九一七）在解釋他的雕刻概念時，有一個常見的法文用詞plan（面），接近英文的plane（平面／層面），他認為作品的點、線、面必須是有機的結構（總稱之為「面」），不管觀看角度、光線、投影如何變化，都能呈現創作者所追求的效果。

色就在「飽滿」上。自古以來即是如此，比方刀柄上裝飾的圖案「目貫（menuki）」，或是房子採光格窗的雕刻，就是好在「飽滿」所帶來的趣味。如何掌握材質的「收斂」決定了雕刻的好壞，沒處理好的話，造型會變得散漫、瘦瘠，失去了真正的雕刻性。像這些工作上簡單有如口令的用語，是我國代代承襲下來關於雕刻性觀念僅存的傳統。至少「收斂」等用語是從江戶時代開始傳承的，製作能樂面具等面具職人之間想必也都在使用這些詞彙。

父親總是說「收斂」沒做到極致的人作品不會好。構思階段必須將東西的尺寸看成很大，一開始先從「飽滿」起步才可以。否則只知道處理細節，到最後淨做出鬆垮垮的東西。這種現象室町時代[41]的地藏菩薩像很常見，精巧是精巧，卻顯得很沉悶。局部看起來完成度很高，但整體觀來卻不行。那是因為「收斂」沒做好的關係。古代很多作品整體上不拘小節，但「收斂」卻做得很好。應該說只要懂得「收斂」，局部無論如何都不會是大問題。夢殿的救世觀音[42]或中宮寺的彌勒菩薩[43]，「收斂」都做得非常好。

佛師出身的父親，對於「收尾」的強調也是不厭其煩。收尾分為普通收尾與「本格收尾」，本格收尾父親全生涯中也只做過幾次而已。收尾的時候，是沿著木頭纖維紋理削鑿，刀痕配合自然的紋理一起展現；本格收尾則是細剔修光到連刀痕也不見。這麼做時有獨特的運刀法，用一般技法是無法達成的。雖然同樣是用小刀來削，但平常小刀必須逆著纖維紋理削鑿的地方，這時要用難度很高的特殊技法，讓成品不會出現粗糙的纖維紋理。本格收尾後飽滿度仍維持得不錯，就是好作品。即使是中等水平的作品，看起來也會特別順眼。父親常說收尾也得要有好的作品才行。所以看到羅丹未完成作品的照片，他會說「這個如果再修光一下會變成怎樣呢」。就

41 由足利將軍家統治日本的時代，將幕府置於京都的室町（Muromachi），史稱室町時代，始於足利尊氏（Ashikaga Takauji）任征夷大將軍的一三三八年，終於十五代將軍義昭（Yoshiaki）被織田信長（Oda Nobunaga）逐出京都的一五七三年。

42 奈良法隆寺東院伽藍的主要建築夢殿，為八世紀（奈良時代）所建八角圓堂，堂內供奉被視為聖德太子等身像的木造救世觀音像，像高一七八公分，日本國寶。

43 中宮寺位於法隆寺附近，同樣創建於七世紀前半（飛鳥時代），木造彌勒菩薩像為中宮寺本尊，像高一三二公分，日本國寶。

我所知，父親做過本格收尾的作品裡面，淺草清光寺的白檀阿彌陀佛是其中之一。像高七、八寸，卻下了許多工夫，本格收尾之後又做了一次修光才完成。

過去有專門雕粗胚的人和專門收尾的修光師傅，分工合作。先將毛胚打好，然後交給修光師傅收尾，早年幾乎沒有從頭到尾自己來的職人。慢慢的其中出現可以綜合處理的優秀職人。父親的工作模式，是由他先設計好原型，然後交給弟子進行粗胚製作，父親根據粗胚進行細部雕刻後，再讓修光師打磨得平滑光亮。在這樣的半成品上父親再運刀修飾加強其特色，完成後即是大家所看到的作品。但從父親的角度看來，沒有一個作品是滿意的，也深知這樣的運作模式不好，但不這樣做就沒有足夠的經費來培養眾多弟子。父親自己從頭到尾都經手的作品也有一些，但數目上終其一生也就五十件左右。這些作品果真在飽和感等方方面面都掌握得極好，生氣盎然，父親的特色展露無遺。

只要有好作品，父親喜歡拿來進行摹刻練習。比方有一次他看到一尊明朝的瓷燒白衣觀音非常出色，於是向人商借回來，以櫻桃木專心地摹刻。直到六十歲左右都還這麼做，晚輩的我們看了都很感佩。話說父親藝術鑑賞的趣味還是以雕刻為主。在佛像方面，他喜歡鎌倉時代[44]作品遠勝於更早期的作品。他特別佩服快慶的《仁王像》[45]。對天平年間[46]的作品，他會發出「好是好啦」之類的評語。對羅丹作品的評價到最後也還是有所保留。我想他大概覺得收尾做得不夠吧。他的個性就是這樣，腦海中從來沒有獨創風格的念頭。這是沒辦法的事，父親固守不放的，唯有「收斂」或「飽和」等等我國雕刻技術傳承下來的觀念。

雕刻動物的時候，父親一定飼養活生生的動物並做大量的寫生。雕鸚鵡的時候養鸚鵡，雕猿猴的時候養猿猴。現藏博物館中的《猿》，為了在芝加哥的世界博覽會展出，花了很大苦心，卻一直沒有滿意的進展，在谷中的工作室雕好粗胚，搬家

44 鎌倉時代是武家政權開始統治日本的時代，幕府設置於鎌倉故名，約當十二世紀末至十四世紀初，也是天災人禍頻仍、標榜眾生救濟的佛教新興宗派（如日蓮宗、淨土宗、淨土真宗等）勃發的時代。

45 快慶（Kaikei，生歿年不詳）與運慶（Unkei）同為鎌倉時代重要佛師，兩人都在毀於兵燹的東大寺、興福寺重建事業中扮演重要角色，東大寺南大門的《仁王》（金剛力士）即其作品。

46 天平年間指桓武天皇以天平為年號，自西元七二九至七四九年的二十年間，為奈良時代最盛期，留下東大寺、唐招提寺等舉世聞名的文化遺產。

到林町（Hayashicho）後，又運到這裡進行收尾。選用的木料，是由後藤貞行老師帶路，在栃木（Tochigi）縣的山區邊走邊找發現的珍貴日本七葉樹[47]巨木。由於位在相當偏僻的山腰上，據說裁鋸跟搬運都費了好大工夫。因為它應該是純白色的木料，起初是想雕一匹白猿，但運到東京一看並沒有想像中的白，卻有七葉樹特有的紋理捲曲的特徵，讓父親很開心，認為和猿猴的毛質很像。在谷中家的庭院裡搭了一件放置木料的棚屋，然後展開工作，沒想到七葉樹質地非常堅硬，逆反的木紋忒多，只用普通的刀鑿是對付不了的，於是拜託一位正宗系統出身名叫正次的刀匠，幫忙打造了各式特別的雕刻刀具。工作過程一開始先講好哪裡哪裡不可以動到，其他不用顧忌太多削下去就是，讓弟子們和我一起動手。然而要將巨大的木料弄成某種造型並沒有想像中容易。我們還爬上堆積如山的木料上遊玩。在父親的感覺裡，猿是日本，而俄羅斯是掉了羽毛而飛走的鷲[48]。芝加哥的博覽會日本館和俄羅斯館相鄰，或許美國也是這麼想的。還有一件如今不知去處連照片都找不到的作品《山靈訶護》，表現山林裡有大鷲飛來，小動物都齊集山姥身邊接受訶護的情景，父親為了這個作品也吃了很多苦頭。作品高約四尺，做了很多寫生。山姥的肋骨部分，是以祖父為模特兒，我還記得祖父拚了命維持姿勢的樣子。與這些作品大約同時期，有一個盲人持杖渡河的雕刻，號稱是父親的作品，其實是他的弟子米原雲海（Yonihara Unkai）先生誇張媚俗之作。

像這樣實際上不是父親作品，卻掛上父親名字的雕刻為數不少。從我還沒有記憶之前，父親就開始銅像製作，比方年輕時代留著八字鬍的松方正義[49]先生的木型一直都放在櫥櫃裡。用木頭先雕肖像的原型，如果不滿意就可以從頭再來一次，所以同一個人的頭像木型都不止一個。這些肖像全都跟佛像一樣，頭部刻好再嵌到胴體上。肖像中印象最深刻的是平尾贊平（Hirao Sanpei）夫婦的頭像。那是肖像雕刻還很

47 日本七葉樹（學名 Aesculus turbinata），日文作「栃」，為無患子科七葉樹屬的落葉喬木，有特殊的紋理，質地堅硬但處理後會產生細滑如絲綢的觸感。

48 或許是指一九〇四年二月到一九〇五年九月間日、俄兩帝國為滿洲和朝鮮半島權益而發生的武裝衝突，最後以俄軍慘敗而結束，史稱日俄戰爭。

49 松方正義（Matsukata Masayoshi，一八三五至一九二四），明治時代曾兩度擔任總理大臣並兼任大藏大臣，日本中央銀行創立者。

罕見的時代。父親本來對製作原型很排斥，但對點測量儀（pointing machine）開始流行後，他的肖像製作也就加入了雕刻原型的工序。

此外父親很喜歡神轎的製作。他自己構想轎頂的曲線，在未裝飾的神轎上附加雕刻圖案。有桑名地方一個叫諸戶清六[50]的人委託製作的神轎，還有葭町[51]的神轎。這些作品的造型都非常出色。

與父親同時代的雕刻家中，在個人生活上互動非常親密、在工作領域卻是對立關係的，有石川光明和竹內久一兩位老師。石川老師的雕刻，根據父親的說法，有牙雕風味的贅肉，總是不夠利落脫俗，但優雅而沉穩，反映了創作者的個性，父親十分尊敬這一點。尤其淺浮雕非常厲害，因為石川老師繪畫的功力很深，是煙管之類的象牙筒雕刻名人，父親自認遠遠比不上他。相較之下，父親覺得竹內老師比較庸俗。畢竟雕刻方面石川老師的作品還是最令他佩服的。我亦有同感。很少人提到山田鬼齋老師，他其實是個技術拔群的人。手藝固然出色，但工作態度有點貪婪，因此顯得粗俗。他娶了岡倉天心先生的妹妹，對很多事情的看法固持己見，在學校大家都敬而遠之。我在美術學校時，忘了是哪一個年級，曾經接受他的教導，是個性格直率的好老師。他留下來的代表作不多，一些小尺寸的作品流落各處。在一個收藏家那邊，山田老師的作品常被當作父親的作品，的確兩者有相似的地方。他的刀法比較強烈，這點和父親真的挺像，但衣紋的雕法等則是完全不同，感覺比較粗獷，一眼就可以看出山田老師的特色。他不太雕佛像，喜歡雕其他題材，這也給他的作品帶來新鮮感。

石川老師過去住在谷中的真島町（Majimacho），隔壁就是後藤貞行老師家。兩位老師不知什麼緣故關係非常緊張，一年到頭糾紛不斷。後藤老師本來是馬學的老師，養了兩匹馬，常常跟我講解關於馬的知識，也帶我去指之谷町（Sasugayacho）附近拜訪一位過去非常有名的馬術老師，還讓我練習騎馬。後藤老師所雕的馬，大致是身

50 桑名（Kuwana）位於三重縣北部、揖斐川（Ibigawa）河口，為水陸交通要衝，地近名古屋，自古即是工商產業繁盛的城市。諸戶清六（Moroto Seiroku）有兩人，初代諸戶清六及其四男二代目諸戶清六，世代經營米穀買賣、林業、礦業、治水事業致富，在桑名的舊邸六華苑為國家重要文化財。

51 葭町（Yoshicho）又名芳町，位於現在的日本橋人形町，為江戶時代的花街。

長一尺或一尺五寸左右，並在上面用油畫顏料著色，作品數量非常多。雕刻本身不是特別出色，但他雕出了標準而理想的馬形，竟然還有不少人迷信擁有後藤老師的作品就可以養出同樣完美的馬，所以東北地方的馬匹繁殖場都很想買後藤老師的馬雕。這些作品呈現的不是活動中的樣態，而是靜止有如標本的馬之雛形。現在如果去東北地方，一定會發現還有很多這樣的作品。後藤老師也是當時少見精於攝影技術的人，因而非常受到尊重。有一天因為照相製版需要的氨瓶口很緊，用力拔開的結果，沸騰的氨噴到臉上，弄瞎了一隻眼睛。那是正在製作楠公像的時期，從此後藤老師就更灑脫了，自稱獨眼龍。

父親和畫家之間往來不多。橋本雅邦（Hashimoto Gaho）先生在美術學校成立後和父親一直是同事，不時為公務而有些互動；父親非常尊敬雅邦先生，但私人的交情並沒有那麼親密。比較親近的反而是川端玉章（Kawabata Gyokusho）先生，不過因為彼此專業不同，交情也只是一般。倒是和工藝家如大島如雲（Oshima Joun）先生的交往比較密切。我不記得父親和柴田是真（Shimata Zeshin）先生有沒有交往，但父親對是真先生的畫，尤其他的匠心獨運極為欣賞。由於喜歡他的灑脫自如，父親很多作品的靈感都是來自是真先生。他也喜歡河鍋曉齋（Kawanabe Kyosai）的畫。父親自己完全不會畫畫，老說要是會畫畫多好，所以也常常鼓勵我學畫。

父親的弟子輩中，山本瑞雲在父親就任美術學校教職前製作輸出品時期即已入門，自稱高村家的大久保彥左衛門[52]。曾有段時間去大阪發展，後來又回到父親身邊，總之他是最資深的弟子。另外就是林美雲，一如前述，本來和父親是師兄弟，師父高村東雲歿後，改拜父親為師。如今已經去世的內弟子[53]也有好幾位，就我所知父親的內弟子大都沒有特別的成就。其中米原雲海算是比較傑出的，但米原雲海原先在出雲時代除了本業的木工，已經一邊開始創作頗有水準的雕刻。本山白雲（Motoyama Hakuun）也是內弟子之一，但他後來進美術學校就讀，可以說谷中時期幾乎沒有比較

52 大久保彥左衛門，即大久保忠教（Okubo Tadataka，一五六〇至一六三九），戰國末期、江戶初期知名武將，《三河物語》作者。

53 內弟子指傳統師徒制中，與師匠住在一起，一邊習藝一邊當助手並幫忙做家事的學徒。

出色的弟子。父親接了很多古神社、寺廟整修和佛像台座雕刻的工作，才有足夠的收入用來培育這些弟子。明珍恆男（Myochin Tsuneo）先生也因為這些鍛鍊，後來在奈良自成一家。還有細谷而樂（Hosoya Jiraku）等人。明珍先生做事非常專注而細心，個性又正直，因此特別適合從事修繕性質的工作，雖然吃了很多苦，但為人沒有心機，氣量又大，所以在奈良頗得人望。父親會依照弟子的能力派給他們任務，但也為了弟子可以做得來，而不得不接很多談不上品味的工作，這也是事實。弟子們為了生活，將雕好的半成品交給父親，由父親改動一些不好的地方並做收尾，然後刻上父親的名字。只要有父親具名的原型作品，就可以讓弟子們衣食無憂。後來甚至有人沒拿給父親看過就直接刻上父親的名字，父親知道了也不計較，說「反正只有好作品才是我的作品」，一點不覺得苦惱。正因為是這樣的個性，和財富無緣，一年到頭都很辛苦。即使到後來也一樣，晚年父親作品的價格被哄抬得很高，但都是商人之間的事，父親只知道當初的定價。父親定價的方式，以一天的人力、工本費為基準，再乘以製作的天數，即可得出定價。材料方面，如果用白檀或其他特別的木頭另當別論，一般的木料成本都算在基本費中。有時會將一天的基準提高一元，但即使到晚年最多也就提高十元，再高就沒有了。儘管也想提得更高，但計算標準就在那裡，沒辦法和外面其他人比。他會說「外頭的人比較敢所以拿得多」。反倒是有些弟子拿得比較多。五、六家商人絡繹不絕來訂貨取貨，生意興隆賺得盆滿缽滿，但父親一死，這些榮景即轉眼成空。他們說這是因為我這個繼承人無能的關係，對我非常不諒解。

二

我小時候體弱多病，父母為了養育我煞費苦心。我們家的小孩，最大的是姐姐咲（Saku），其次是梅，接著是我，後面有一個叫靜的妹妹，然後是道利和豐周。再下去有一個弟弟叫孟彥，後來成為藤岡家養子。之後還有一個妹妹佳。

這些姐弟妹間，只有最上面的兩個姐姐在年紀很小的時候就去世了[54]。到我出生

54 咲去世的時候十六歲，梅則只活了五歲。

之前，母親連續生了兩個女兒，如果生不出繼承家業的兒子，以當時的習慣隨時都有可能被趕回娘家，所以覺得很焦慮。母親曾告訴我說：「小光在我肚子裡的時候，覺得這次如果生的還是女兒就說不過去了。所以到處去求神拜佛，希望無論如何賜給我一個兒子，最後終於如願。小光出生時，爺爺說『阿豐啊，成功了』，我從沒那麼快樂過，就像登天了一樣——小光真是我的幸運兒！」因為這樣，我被當作寶貝一樣照顧。祖父他們則認為我是神佛所賜，對我疼愛有加。

我六歲入學，但五歲之前我完全不會說話。長輩們都擔心我會不會是個啞巴。醫生認為是小兒驚風，很快就會開始講話，不要太過擔心，然後有一天早上，頭上突然冒出了膿疱。以前的醫生覺得出膿疱是好事，反而很正面看待這樣的事，只要膿疱一治好，馬上會開始講話。或許是言語中樞發生了什麼障礙吧。果真之後很快就開始講起話來，等上學後都沒什麼問題。

母親不會對我說教，唯有對我講話的遣詞用字要求很嚴，總是不厭其煩地糾正我。在學校難免會學其他同學的用詞，回到家不小心脫口而出，一定會叫我改過來。

今天已經沒有所謂江戶話了，也不知道正確江戶話的基準是什麼，但過去好壞是可以清楚辨別的。祖父對怎麼講話也是很囉嗦，一旦聽到我說話有不得體的地方，就會罵我「切，講話像個鄉巴佬，不成體統」。我被禁止的用語中，態度傲慢或粗魯輕率的話最多，所以也等於是關於品德良心的訓誡。所謂說好話，還包括言之有物。到今天我寫文章的時候，就會想起母親的訓誡，發現對語感的表現幫助很大。其中有很多絕對不容許的用法，當我寫詩時即會無意識地受到影響。常常有些很想使用的詞彙或表達方式，卻不得不塗掉改寫，都是因為母親的教導變成我本能一部分之故。從我自己的經驗看來，以遣詞用字來進行教育是非常好的方法，語言的訓練對今後的人們還是很重要。

小的時候我害怕夜晚。現在所住的家一帶，以前叫千駄木林町（Sendagi-Hayashicho），是提供寬永寺廚房所用柴薪的山。過去是鷹匠[55]住的地方，還留有古老庭園的廢墟，

55 鷹匠是訓練猛禽從事狩獵的人。

有很多孟宗竹叢、茶園或櫻花樹和麻櫟林，父親的家四周都是竹藪，因此也會有鼬、狐出沒。在這之前是住谷中，那裡是墓園，五重塔下方的芥坂（Gomizaka）被稱為「棄葬所」，是東京暫時埋葬上吊或投河自殺之類的無名屍，等待家屬認領的地方。因為只覆蓋薄薄一層土，有時會看到被野狗扒咬而露出來的腳或手，白天還好，晚上就挺恐怖的。我想或許南方土人的生活現在也還是這樣，但天黑後所有魑魅魍魎出動四處遊蕩，令人有如置身一個異質的空間，真的非常駭人。現在回想童年時代，覺得世界好像是黑暗的，腦中浮現的就是一種幽闇的畫面。童年的我彷彿活在光怪陸離的幻想世界中，天亮每每讓我有如蒙大赦之感。當輕籠庭院的霧靄在朝陽中逐漸甦醒直到大放光明，那種興奮之情真是難以言喻。我的詩中屢屢出現霧靄的意象，那是因為小時候對霧靄非常敏感，也很納悶為什麼大人對這麼美好的東西如此無感。

大白天則無所謂，整天都在墓園中玩耍。那裡是江戶時代經過特別設計的天王寺山門，即使在今天看來還是很不錯。因為那邊茶屋家小孩是我的同學，所以更是頻頻找他玩去，其實以前那裡的茶屋是很高級的地方，出入的都是幕府將軍女眷的侍女們。茶屋的外觀非常普通，裡面卻很豪華，空氣中同時飄蕩著檀香與奇特的麝香味。現在去墓園一看好像不怎麼樣，那時卻覺得特別寬廣，有一道土堤，草木繁茂。我小時候幾乎沒有去山林野地旅行過，所謂大自然，能想到的也就是這片墓園，而我對大自然的認識，可以說全都是在谷中的墓園培養起來的。

小時候我抽籤必中，所以常常有人請我幫忙抽。每抽必中可是有原因的：由於我對谷中的墓園了解得很透徹，只要將暗殺文部大臣森有禮的西野文太郎[56]墓碑敲下一小片揣在懷中再去抽籤就對了。我確信只要帶著碑石碎片抽籤必中，也真是如此。民間互助會「無盡講」[57]幫人家抽籤中了三、四次。與父親頗有交情的牙雕師傅旭玉

56 森有禮（Mori Arinori，一八四七至一八八九），薩摩藩士、明治時代外交官、教育家，日本首任文部大臣，推動歐化的新式教育制度；明治二十二年二月十一日從官邸出發準備參加大日本帝國憲法頒布式典，在門口被國粹主義者西野文太郎（Nishino Buntaro）刺殺，西野亦當場被衛士殺死。

57 「無盡講」是日本民間金融互助組織，中國唐、宋亦有源自宗教機構的「無盡財」、「長生庫」金融體系，以信眾布施為母錢，借貸給民間，所得生息利潤則用來維持寺院運作與建築修繕，與一般互助會的功能有別。

山（Asahi Gyokuzan）先生所起的「無盡講」會，我記得也曾幫人去抽中過。玉山先生所製作的髑髏牙雕，精細到從鼻孔穿一條線，可以從眼睛那邊再穿出來；他是個很有理財觀念的人，糾合其他雕刻家成立了「無盡講」互助會。我讀小學的時候發生了一件非常不可思議的事。父親的弟子中有一位來自武州粕壁[58]的野房儀平（Nobusa Gihei）先生，他的親戚中有一位類似「山伏」[59]的人，懂得各式各樣的神秘法術。我整天纏著野房先生直到他答應教我一些秘法。比方可以將燒得通紅的木炭放在手掌上搓滅。那可是火力很強的堅炭。過去小學有燒炭的暖爐，我曾當著老師的面表演給他看，把他嚇了一跳，覺得很不可思議，說「太奇怪了」，然後自己也想照著做，結果燙到不行。我也想不通為什麼只有我能夠這麼做。或許是因為相信自己學過秘法，一定不會被熱炭所傷，於是也就真的沒被燙傷起水泡。以前將手放入滾燙熱水中以判斷善惡的場合[60]，倒不是因為自認正當的人相信神會附身保護，所以毫不遲疑地將手放入熱水中接受考驗，而是作惡心虛的人一開始就認輸投降的緣故。我還跟野房學了一招赤腳走刀山。那是一般切東西的利刃，將腳底平放在刀刃上，只要不前後搖動或摩擦，即使整個體重壓上去也不會割傷。或許有個限度也說不定，但透過我自身的體驗，我敢說這樣做真的可以。野房先生在雕刻技術尚未學成之前，即因精神異常，爬上父親家中精細工藝作坊的窗台，嚷嚷「前面敵人來了」，最後瘋狂而死。

不知道為什麼那段時期經常發生一些神秘事件：磐梯山破裂[61]，三陸海嘯[62]還有地震[63]等，天變地異頻仍，給受到驚嚇的少年的我留下不可磨滅的印象。地震發生時，

58 武州即古武藏國（Musashinokuni），包含今東京都、埼玉縣、神奈川縣大部分地區；粕壁（Kasukabe）即現在的埼玉縣春日部市。

59 融合日本古來山岳信仰與佛教法義而形成的獨特宗教「修驗道」，其行者長期在山區苦修秘法以求悟道，稱為「山伏」（yamabushi）。

60 這是古代世界各地都有的類似「神判」的咒術信仰，將係爭兩造的手放入滾水中，以傷勢輕重判斷對錯，日本稱之為「湯起請」；此外還有「鐵火起請」，又名火誓。

61 磐梯山（Bandaisan）位於福島縣，又名會津富士，高一八一六米的活火山，一八八八年的噴火造成山體崩壞，村莊被岩屑掩埋，造成近五百人死亡。

62 日本東北地方古代陸奥、陸中、陸前三個令制國統稱三陸，現在提到三陸則是指沿太平洋的海岸地區。一八九六年三陸外海發生規模最大八．五級以上強烈地震，並引起海嘯，死者超過兩萬人。

63 一八九一年在中日本發生規模八級的濃尾地震，死者超過七千人。

整個夜空突然明亮得有點異常。最近讀到專家學者所寫的書，真的是這樣，從古早以前就有這種說法。我記得那段日子我一到晚上就會抬頭看著天空。少年時期我睡覺時會笑，大家都覺得很詭異。睡在旁邊的祖父曾將我搖醒，說我被什麼附身了，為我做了「九字護身法」[64]科儀。大概是從童年慢慢要進入少年時期之前身體的衝動吧，昏昏欲睡時就會這樣，自己也會被那笑聲喚醒，聽起來真的非常恐怖，身邊的家人都被嚇到。儘管置身這樣的氛圍，但過度無稽的迷信在我們家是不被容許的。

家在仲御徒町時代，社會上很流行降靈術，就像講經活動一樣，幾乎每個晚上都在附近鄰居家聚會。這個風潮似乎始於人心動搖的時期，而父親也好祖父也好，絕對不會讓這種活動在我們家舉行。這就是祖父了不起的地方，斷言那種事不靠譜，而我們家始終沒有攙和進那類活動裡面，我覺得對我們是非常好的事。

大姐咲在明治二十五年（一八九二）去世，得年十六。家裡每個人都說她是非常聰慧的小孩。家裡雖然禁止玩樂器，但是當姐姐開始接受教育後，又不能不讓她接觸點音樂，於是母親教她彈唱三味線的長唄，不過姐姐總學不會。音樂、歌唱方面祖父非常拿手，而父親卻一竅不通，我也完全不行。小學音樂課學的歌，在家裡唱就會被罵。在這種情況下成長的我，對歌曲是有感覺的，音調的變化也都懂，卻唱不出來。音樂老師也很困擾，最後讓我彈風琴勉強及格了事。到了青年時代，常去本鄉中央會堂外面的走廊上跟隨酒井勝軍[65]做發聲練習，結果連酒井勝軍都嚇了一跳。我雖然知道音調，但所發出來的聲音卻變成怪聲怪調，酒井勝軍沒辦法，只能跟我說晚點再特別指導。姐姐也一樣，母親還說「這孩子明明是女的卻不會彈三味線」太奇怪。但她喜歡手工藝，也愛繪畫，興趣全在這方面，父親注意到以後，我們住西町她大約十歲的時候開始讓她去學畫。老師是一位名叫狩野壽信（Kano

64 九字護身法是一邊念誦「臨・兵・鬥・者・皆・陣・烈・在・前」九字咒文同時配合九種手印以除災解厄的道教密咒，源自晉葛洪《抱朴子・內篇》卷十七〈登涉〉「入山宜知六甲秘祝，祝曰：『臨兵鬥者，皆陣列前行』，凡九字，常當密祝之，無所不辟，要道不煩」。

65 酒井勝軍（Sakai Katsudoki，一八七四至一九四〇），基督教布道師、東京唱歌學校創立者，後從宗教、音樂轉向神秘學，號稱發現許多日本的金字塔，其神秘學著作影響了後來奧姆真理教的麻原彰晃。

Yoshinobu）的畫家，狩野派[66]教學很不錯的一點，即使練習也絕不用不好的材料。使用廉價的材料習畫進步有限也是事實。父親為此，儘管手頭拮据，還是勉力幫姐姐買了不錯的畫具與顏料。姐姐一開始學畫，進步即非常顯著，按照老師的說法，就是「拳拳服膺」，熱心而專注。她對老師非常崇拜，老師給她的東西，即使只是一張紙，她也慎重地保存作為紀念。看她留下來的作品，一點也不像小孩所畫，筆觸非常有模有樣，曾經參加當時的展覽會獲獎。我現在都還記得她冬天頭上包覆著紫色的防寒頭巾，抱著懷紙和筆卷出門學畫的身影。她說只要學會背誦《觀音經》[67]，經過上野一些黑暗的路段時邊走邊念就不會覺得害怕。她非常孝順父母，那時父親正逢四十二歲的厄年，在學校從梯子上摔下來折斷了肋骨，準備在芝加哥博覽會出展的《猿》雕刻過程非常不順利，都被歸結為厄運作祟，姐姐就代替父親向不動明王[68]發下誓願。沒想到她罹患了肺炎，直到生命的最後，她都相信她是代替父親而死，歡喜地嚥下最後一口氣。她的日記寫到死前八天，最後的部分因嚴重抖動而變成一點一點，無法卒讀。她總共留下兩冊日記，仔細一讀根本是大人的手筆，不是一般小孩會寫的內容。看她留下來的照片，總覺得長得好像樋口一葉[69]。

父親因為姐姐的死大受打擊，絕望而悲傷，連待在家裡都無法忍受。恰好一個熟人在林町有棟房子，我們就搬了過來。那時正逢秋天，團子坂（Dangozaka）有菊人形[70]的展覽，我們拉著車載著家當穿過人潮的情景恍如昨日。

由我承續父親的雕刻事業，是沒有經過什麼人說出口即已決定的事。繼承家業

66 狩野派（Kanoha）是日本繪畫史上最大的流派，以室町幕府的御用畫師狩野正信（Kano Masanobu，一四三四至一五三〇）為始祖，自室町時代中期（十五世紀）以迄江戶時代末期（十九世紀）約四百年間主宰藝壇的畫家集團。

67《觀音經》指《法華經》中的〈觀世音普門品第二十五〉一章，內容描述當世人遭遇各種苦難之際，至誠相信觀世音菩薩偉大的慈悲之力，唱念其名號，觀世音必聞聲救苦。

68 不動明王（梵acalanātha）為密教特有之尊格——明王之一，據信是大日如來的化身。

69 樋口一葉（Higuchi Ichiyo，一八七二至一八九六），明治時代小說家，主要作品如《濁江》、《十三夜》等都發表在肺結核病逝前短短十四個月間，歿後發表的《一葉日記》亦獲得極高評價，頭像被印在五千日圓紙鈔上。

70 菊人形是以菊花裝飾的等身大人像（取材知名歌舞伎演員或劇場演出場面），頭部與四肢仿人形，衣服部分由各色菊花、菊葉裝飾，於江戶時代後期由團子坂的園藝業者首創，後成為全國性的活動。

就是接手父親的專業，無關選擇，自然如此。讀小學大約七、八歲時，父親給了我三把木雕用刀：斜刀、圓刀和平刀。那是第一次明顯看出父親想要將我帶向雕刻的世界。當我擁有小刀具後，覺得自己也是個雕刻家，於是什麼都想拿來雕雕看。剛搬到谷中我小學畢業時，身邊都是父親那些忙著雕刻的弟子，我沒事總去木雕作坊遊玩，看了不少也聽到許多，自然學會道具的使用、了解其他雕刻相關的概念。

雕刻的第一步，是為小刀裝上刀柄。也就是說我拿到的是刀身，必須切削檜木板成為兩片厚度適中的木片，再用黏膠緊緊貼合在刀身上，如果做得好，就成為有父親特色的刀柄，最後用糙葉樹的葉子修光以免刮手。我怎麼都做不好。父親說這樣不行，於是將刀柄剝開重來。刀柄中用來插入刀身的溝槽必須不淺不深只留下一點空間放上黏膠，讓刀身與木柄得以緊密貼合是最理想的。如此一來不會有空氣跑進去，才不易生鏽。父親一次又一次教我實作直到上手為止。切削刀柄沒有想像中容易，而且有特定的削法，因此一看小刀的柄就可以知道這是誰的弟子。父親屬於高村東雲系統。刀柄尾部的圓弧、厚度與寬度的比例、刃口的斜度等等樣式作風各不相同。此外研磨紙的用法也不一樣。比方石川光明先生系統的刀具，從刀柄的造型一看即知差別。所以持刀的姿勢也會不同。即使只是一刀切削也有各自的手法，想當然耳作風也是各個不同。究實而言道具的不同，即是作風相異的最大理由。看到不同系統的道具雕出來的作品，在奇怪的地方突然轉圓或重疊呈現，也會覺得不知所云。父親的作風一見就是非常優雅而洗練，還有一些人的作品一看就很想跟著雕雕看。雕刻採光格窗的神社佛閣木匠「宮大工」使用的小刀形狀完全不一樣，刀柄的做法也不一樣，使用時持刀方法在我們看來根本是低級錯誤。但因為要使力的關係才會採用那樣的手法，在雕刻上卻是件非常忌諱的事，甚至有人說「絕對不要用那種不入流的手法」。這類事在方方面面都會發生。比方鑿刀，最討厭拿到頸部忒長的鑿刀了。所有最後使用的都是自己決定的道具，操持方法也是由使用這個道具的人來決定。風格的出現也是必然的事。各式各樣的風格，並非只是形而上的指涉，也會體現在生理的範疇。木雕中也有各種奇怪的作品，最後總算明瞭，怎麼使用刀具，就會製作出那樣的作品來。

父親並沒有像前面所說直接傳授弟子那樣教我什麼。對我也從來沒有手把手的教導過。雖然我會拿作品給他看，但他一律不予置評。除非實在看不下去，他會削幾刀修正一下然後交還給我，也不告訴我問題所在。他不會教我怎麼改正。唯有我不遵守老規矩的時候他會非常生氣。比方我工作到一半，東西放著就出門，他一定暴怒，罵道：「所謂職人，就是要清楚知道此刻最重要的事情是什麼，絕對不允許將工作道具丟在一邊，太不像話！」所以不把一件事情漂亮做好，其他什麼事都不能碰。工作完成後，雕刻作坊清理得一塵不染、整整齊齊，像個閃閃發亮的舞台，靜靜迎接明天的新工作。我一整年都待在雕刻作坊，有什麼新工作我立刻加入，一邊傾聽父親如何指導他的弟子們。

等我開始懂得如何正確研磨小刀後，即開始教我練習刻底紋圖案。雕刻底紋是佛師的傳統，是佛像作坊必需的工序。因此底紋的練習也變成傳統的一部分，但我當時什麼也不知道，只是悶著頭做，心裡其實覺得很煩。一開始父親只讓我刻邊緣部分，雖然邊看邊學，卻完全做不來。由於雕刻的時間很長，刀具必須時時研磨，因此對刀具的了解也越來越多。練習的材料僅限於檜木，五寸的角材表、裡兩面雕，現在想起來還真捨得。首先只練習雕縱橫線條。在一個特定範圍中雕出相同間隔的四條溝槽，但每一條的深淺實在很難一致。縱使深淺一致，結果總體不是過深就是過淺。一旦過深，底紋圖案好像會穿透似的，過淺則厚度不足缺乏力道，而所謂深淺適中意味著與尺寸維持適當比例，其實非常難以掌握。以前對這種事絕對不會加以具體說明，頂多就是說「這很沒意思」，哪裡沒意思不知道，唯有重新來過一次。第二個階段是雕「工」字組合底紋圖案，雖然比較複雜，做起來其實容易許多，最開始看似簡單的反而麻煩得多。我現在偶爾也進行同樣的練習，如果掉以輕心就會做不好，沒想像中容易。底紋圖案的練習全部做起來有十種基本類型，從最初只有直線的圖案到有如七寶[71]的曲線，接下來叫作「新案」，也就是雕出自己想到的圖案。

71 將相同半徑的圓，以圓周四分之一連環相疊而成的圖案✪稱之為「七寶文」；因為是向四方不斷擴散，猶如佛教中象徵吉祥無盡的七種珍寶，故名。

這個階段要做到自覺有點滿意，大概需要一年的時間，但恐怕沒有人真的雕出獨創的好作品。

接下來的雕刻練習叫「肉合（shishiai）」，這是和金屬雕刻所謂「片切（katagiri）」72共通的手法，「肉合」雕有一種類似口訣的東西，必須盡可能熟習，卻有相當的難度。不過這時除了斜口小刀，也第一次使用圓口刀具，有晉級之感，覺得很開心。通過這個階段，接著就是浮雕。浮雕有無數的範本，但多數是以狩野派的畫樣作為摹刻底稿。練習過花鳥、果實、百獸後，其次是水波或火焰，最後是人物。人物以畫僧兆殿司（Chodensu）的羅漢像為底稿；其他畫家的羅漢很難變成雕刻，兆殿司的羅漢可以直接轉為浮雕，興許是帶著相當的立體感。我以此做了大量的練習。也因此對人像臉部的「飽和」等表現有了一定的心得。以上這些練習都告一段落後，即放下木板，開始做圓雕。不過來到這個階段，反而不覺得圓雕有什麼特別，很自然就上手了。大概對初心者而言動物比人物有趣，所以都從動物開始雕起。以前都是以布袋和尚或蛤蟆仙人劉海蟾等為範本，但美術學校創辦初期，學生對這些都興趣缺缺，於是都做些寫生風格的題材。到了這個時期，木雕方面也改以油土來捏塑原型，再轉刻為木雕。

正如前述，因為以學習「收斂」的工夫作為重點，所以非常注重粗胚的雕刻。沒有在粗胚階段將造型做到差不多的程度，就很難進行下一步。因為不允許繼續做下去。在學校為了獲得好成績，所以不會為此而小題大做，但在我們家，粗胚還沒有成形之前，是不讓做收尾的。當粗胚成形之後，接著進行細部雕鑿的「小作」。將粗胚的局部如鼻子、嘴巴等雕刻出來，儘管是局部小作，卻也同時考慮到整體風格的統一，而不是局部個別收尾。象牙雕刻常見局部個別收尾而不需考慮整體，但木雕絕對不許這麼做。

美術學校一創校我便入校就讀，正木先生擔任校長沒多久，從雕刻科中又分出

72「片切」是雕金的一種技法，呈現金屬表面圖樣時，線條一邊的側面垂直雕、另一側面斜雕，造成近似浮雕的效果，為江戶中期金工橫谷宗珉（Yokoya Somin，一六七〇至一七三三）首創。

塑造科，本來一起上課的學生也因此分成雕刻與塑造兩科。我本來就是木雕的學生。木雕學生也會同時學習塑造，但塑造科的學生則是塑造一門深入。塑造科那邊的老師是長沼守敬（Naganuma Moriyoshi）先生。這個人是個超乎想像的潔癖家，完全不許別人質疑他的觀點，動不動就發生衝突，在學校常常跟人鬧得不可開交。老是由我父親扮演調停的角色，不過最後還是辭職他去。長沼老師從義大利進口油土，用油土捏塑原型就是從這時開始的。和黏土交互使用是很後來的事，那時不管作品尺寸有多大都是用油土。之後翻成石膏模，再以三支圓規與針等比例轉到石材上，這是長沼老師的做法。長沼老師離職後，由藤田文藏（Fujita Bunzo）老師接任，他的工作方法是不管什麼題材全都一個樣，非常有個性的雕刻，卻顯得幼稚沒水準。做人很周到，對學生不太要求。長沼老師對學生很嚴厲，工作也很認真，有些地方滿有意思。保存在學校的老人頭像製作得非常嚴謹。長沼老師應該說是有點所謂藝術良心的人，自認作品不行，對其他作品也抱持否定的看法，認為全日本的銅像都應該摧毀掉，在他的晚年，放棄雕刻並以自然為友是他的理想，也不喜歡與雕刻界往來。

當時塑造科的學生雕刻，現在看來有點像沙龍作品，但在那個年代卻算是很先進的，反而木雕這邊顯得落伍。

美術學校剛畢業時，我的作品傾向觀念性，比方僧侶穿著日常僧袍看著月亮，或者浴衣垂掛在釘子上的浮雕，希望帶點泉鏡花[73]小說般妖氣，單單構想就很開心。此外我也雕塑了淺草踩球雜技者：雙手被綁的踩球女孩正在哭泣，一個像哥哥的男孩過來保護她。那段時期每天一大早趁觀眾尚未進場，獲准進入淺草花屋遊樂場做老虎的寫生，一路上穿過六區後，在高達十二層的凌雲閣底下有踩球的練習。訓練過程要求非常嚴酷，我看到那場景後就把它雕塑了出來，拿到學校名叫雕塑會的展覽上展出，岩村透（Iwamura Tooru）老師和白井雨山（Irai Wuzan）老師看過後，都給了我好評。總之那段期間只想表現類似這種帶著文學意圖的題材，其餘免談。

也就是在這個時期我開始短歌的創作。可以說內在對文學的渴望強烈到無心雕刻的

73泉鏡花（Izumi Kyoka，一八七三至一九三九），小說家，作品帶有怪奇趣味的浪漫主義傾向，也是日本幻想文學先驅，著有《高野聖》、《歌行燈》、《婦系圖》等。

程度，如果不寫點什麼就會坐立不安。那大約是森鷗外[74]先生翻譯《即興詩人》[75]的時候。我已經是個不折不扣的文學青年。我從小就有這方面的傾向，雖然沒結交什麼文學同好，但作品曾經刊登在學校中傳閱的雜誌。期間與謝野鐵幹（Yosano Tekkan）先生的《明星》文學誌創刊，沒多久即加入同仁行列，在這之前也參加了久保豬之吉（Kubo Inokichi）先生的「雷會（Ikazuchikai）」。因此在雕刻上想表現文學性也是很自然的。畢業製作也是，表現了僧侶決意放棄經卷走入塵世的瞬間[76]。也不只是我一個人如此，許多人都受到時代風潮的影響。山本筍一的題材是耶穌基督講道，細谷而樂雕的是俊寬[77]，總覺得帶著文學性要素是比較好的，作品取名也是採用有點古怪的文學性標題。一直到後來學校雕刻受到的壞影響，都是從這時開始的。

學校畢業後考入研究科，但雕刻科的老師沒一個夠水準的。什麼新觀念一概不知，令人無言。看到洋畫科有黑田清輝[78]老師這樣的人在，洋溢著進步的風氣，於是重考轉入了洋畫科。當時的同班同學有藤田嗣治（Foujita Tsuguharu）、森田恆友（Morita Tsunetomo）、岡本一平（Okamoto Ippei）、田邊至（Tanabe Itaru）諸君。在洋畫科待了一整年時，岩村透老師問我：「為什麼進入洋畫科呢？」我答道：「在洋畫科可以獲得新知識，也想試著做一些寫生。」他說：「你學的是雕刻，和繪畫是兩回事，你還是不要浪費時間吧。」他還特別找父親商量，費盡唇舌勸父親讓我出國。在我看來，出國固然可以增廣見聞，學點新東西也不錯，但實在興趣缺缺，沒想到父親卻說：「現在的我還可以拚命賺點錢，等我再老一些可就不敢說了。」接著就自顧自幫我訂做西服、打點行囊，我也不能說什麼，出國的事就此決定。一旦決定

---

74 森鷗外（Mori Ogai，一八六二至一九二二），本名森林太郎，小說家、醫學博士，留學德國習醫返國後，致力於翻譯、創作與文學啟蒙運動，活躍於明治、大正期間，代表作有小說《性慾的生活（Vita Sexualis）》、《雁》、《山椒大夫》等。

75《即興詩人（Improvisatoren）》為丹麥作家、詩人安徒生（Hans Christian Andersen）描寫他義大利旅行見聞的長篇小說，一八三五年出版。

76 作者美術學校的畢業製作是題為「獅子吼」的日蓮上人銅像。

77 俊寬（Shunkan，一一四三至一一七九），平安時代真言宗高僧，因捲入政爭陰謀而被流配的悲劇性人物，在《源平盛衰記》、《平家物語》中多所著墨，成為常被後代戲曲、小說採用的題材。

78 黑田清輝（Kuroda Seiki，一八六六至一九二四），畫家、貴族院議員，曾在巴黎習畫十載，受印象派影響而確立其外光派畫風，在東京美術學校早期西洋畫科任教，對日後日本洋畫發展有舉足輕重的影響。

後，我反而覺得打工洗碗盤也沒什麼大不了。岩村老師在芝加哥博覽會時擔任審查員，和那邊的審查員認識，於是幫我一一寫了推薦信，介紹我是「前途無量（most promising）」的雕刻家。出發時父親給了我兩千元，作為出國旅費真的是少得可憐，所以我把這些推薦信當作我的救命繩。結果推薦信完全沒有發揮作用。即使打工一個禮拜也就六、七塊美金，生活非常拮据。後來父親又寄了些錢給我，但為數不多，幫助有限。從美國渡英後，我以農商務省海外實業練習生的身分，每個月才開始有六十元左右的生活補助。留美時期照顧我的波格蘭先生[79]是個非常好的人，幫了我許多忙。很多人以為我是帶著一大筆錢出國的，在國外那些有錢的傢伙也把我當作他們一掛，希望我跟他們一起花天酒地，這種場合我總是識趣地避開，跟他們說我沒錢也沒人相信。一直到後來都是這樣，在世人眼裡我就是一個帝室技藝員[80]父親的少爺。實際上直到父親去世我們都沒什麼家產。我從國外回來後，接下相當於父親助理的職務，因為除此之外無以為生。常有人揶揄道：「即使有錢也太不像話。因為不缺錢所以就不拿出作品，自以為很了不起。」真相是我就是因為沒錢，才會在父親底下做那些瑣瑣碎碎的事。所以關於我的生活，世人的想法與事實天差地別。

我在國外待了四年之後回來。正好有島生馬（Arishima Ikuma）、南薰造（Minami Kunzo）兩君也在這時歸國，在上野舉辦了展覽會，他們所呈現的全新可能帶給美術界相當的刺激。「白樺派」的文學運動[81]亦在此時興起，我也寫了一些關於國外美術界動向的文章，藝術界的所謂新機運就在這段期間逐漸醞釀成形。「白馬會」、「太平洋美術會」等美術結社相當活躍，也是內田魯庵（Uchida Roan）先生發表許多

---

79 波格蘭（John Gutzon Borglum，一八六七至一九四一），美國雕刻家，在巴黎與羅丹同窗，並受其影響，最著名作品為南達科他州拉什摩爾山（Mount Rushmore）國家紀念公園的巨型總統頭像。作者在美期間曾自薦去當他的助手。

80 帝室技藝員是日本宮內省於一八九〇年創設，對美術家、工藝家予以獎勵、保護的榮譽制度，一九四七年廢止。

81 隨著一九一〇年同人誌《白樺》創刊，以相同理念的創作者為中心，開啟了極具影響力的文藝思潮，歌頌個人生命，揭櫫理想主義與人道主義，重要成員包括文學家志賀直哉、有島武郎、里見弴、柳宗悅等，以及畫家梅原龍三郎、岸田劉生等，史稱「白樺派」。

評論的時代。在學校時即非常出色的真田久吉（Sanada Hisakichi）君，當時正想帶領一些日本國內印象派傾向的創作者有所作為，恰逢齋藤與里（Saito Yori）先生歸國，於是彼此結合推動新美術運動。本來就抱持類似想法的岸田劉生[82]、木村莊八（Kimura Shohachi）等人也擁護加入，於是成立了「木炭會」[83]，名字是齋藤與里取的。我回國不久，為了祝賀父親六十一歲還曆[84]大慶，雕塑了一尊他的肖像，大家的評價很不錯，認為充滿了新意，因此以雕刻專業獲邀加入「木炭會」。很少看到如此熱意昂揚的美術團體。可惜因為對發展方向理念不合，最後還是解散了，因為齋藤覺得帶點社會運動性質比較好玩，岸田則堅持藝術運動的初衷。結果舉辦了兩次美展後就分道揚鑣，另外成立了「生活社」，我當即加入。岸田劉生、木村莊八、我以及另外一人還在神田的維納斯俱樂部舉辦了四人聯展。我展出了好幾幅在上高地寫生的油畫作品。這是岸田君告別後期印象派，開始自己獨創畫風的初期，幼稚難免，卻是質感極佳的作品。這些熱情沸騰的年輕同伴每天都處於激烈變貌的狀態，哪怕兩三天不見都會覺得很陌生，於是大家幾乎天天碰面，不是高談闊論就是一起創作。我想那種生猛的時期在人的一生中是絕無僅有的。我結婚也是在那段期間。我和岸田劉生、木村莊八、清宮彬（Seimiya Hitoshi）諸君的交往特別密切。儘管如此，在任何場合我都沒有置身運動的中心，而是比較像旁系般的存在。

這些年輕畫家受印象派、後期印象派影響的創作，到後來好像只能忠實描繪眼睛所見，一個個碰到瓶頸而不得不歸零重來。岸田君越畫越覺得難過欲嘔，在鵠沼（Kugenuma）閉門創作，我覺得岸田君的作品就是在這時成為真正的畫。白樺派的同仁們被杜勒[85]素描的驚人表現所震撼，加上一些宗教性質的傾向，以岸田君為中心展

---

82 岸田劉生（Kishita Ryusei，一八九一至一九二九）為大正年間、昭和初期重要西畫家，師事黑田清輝，以女兒麗子為模特兒的四十餘幅「麗子像」傳世。

83 「木炭會」是以法文 Fusain（木炭）的片假名音譯標示，發起人為齋藤與里、岸田劉生、高村光太郎、清宮彬等，舉辦過兩次畫展、出版同人誌《木炭》，活動時間極短，卻是日本表現主義美術運動的先驅。

84 以干支計算年歲，六十年為一循環，回到與出生年同樣干支稱為「還曆」。

85 杜勒（Albrecht Dürer，一四七一至一五二八），德國文藝復興時期著名的畫家、版畫家、數學家及藝術理論家，知名作品有《祈禱的雙手》、《啟示錄的四騎士》、《騎士、死與惡魔》及多幅自畫像，著有《量度四書》、《人體比例四書》等。

開了「草土社」[86]的運動。我因為專業是雕刻，所以並未加入草土社。

雕刻家中與我往來最為密切的是荻原守衛（Ogiwara Morie）。我們初識於美國，那時對他的印象是個執拗難以接近、講話誇張的鄉下人，以我這種江戶教養背景的人看來，實在不敢恭維。後來一想，他其實是個正直無偽的人，認識久了，就會發現他剛硬的部分逐漸消失，只會感到他爽朗的一面，當他回到日本後，已經是個善良體貼的人。拚盡一切力氣專注於雕刻的思考，如今我們想像中雕刻應有的樣子，都是他開始做出來的。我常去他在角筈（Tsunohazu）的工作室找他，我歸國前，比我早回到國內的他似乎不時過來拜訪父親。父親也很喜歡荻原君，常收到他的來信。相對很多其他帶著新穎觀念的雕刻問世，年老的父親已經被歸類為舊派雕刻家，但荻原君卻推崇父親，說：「比起那些虛張聲勢的年輕雕刻家，老師您的作品才是最好的！」父親聽了頗感欣慰地說：「守衛先生雖然年輕，作品卻很成熟。」

我有一個原則是不參加需要接受審查的展覽會。我主張如果自己的作品需要接受審查，那就讓神明來審查，而不應該接受人類的審查。我第一次參加公辦展覽會，是第一屆聖德太子奉贊會的藝展，不需經過審查，活動主席是皇族，父親也鼓勵我參展，於是交出了《老人頭像》與木雕《鯰魚》。

《老人頭像》的創作，是因為看到半乞討性質前來販賣人造花的老人家容貌非常特別，幾經探問，才知道他是落魄的昔日旗本[87]。我被他那充滿江戶時代古早味的容顏所吸引，請他暫時充當我的模特兒。《鯰魚》以傳統的木雕手法表現，並沒有什麼特別的企圖。那段期間我開始嘗試類似技巧，希望喚起本來對木雕的自覺。同時期除了《鯰魚》，也雕了《魴鮄》[88]，拿到武者小路實篤先生[89]負責策劃的「大調和展」

86 草土社成立於一九一五年，以岸田劉生為中心，受白樺派人道主義以及北方文藝復興影響，強調帶宗教味的內在之美。
87 旗本（hatamoto）是武士身分的一種，為幕府將軍的直屬家臣。
88 魴鮄又名竹麥魚、棘黑角魚、小銀綠鰭魚（學名 Chelidonichthys spinosus），為輻鰭魚綱鮋形目牛尾魚亞目魴鮄科綠鰭魚屬魚類。
89 武者小路實篤（Mushanokoji Saneatsu，一八八五至一九七六），受托爾斯泰、佛經、《聖經》影響，其人道主義、理想主義的主張成為白樺派思想支柱，私淑夏目漱石，代表作有《愛與死》、《真理先生》等。

上發表。這一系列木雕剛開始製作時拿給父親看，他沒什麼特別反應，等第二次請他指教時，他表現得非常吃驚——他對我的刀法感到意外，雖然這一點並非我的本意。例如鯰魚身體轉折處外側凸部的圓弧以一刀完成，它的相對面亦即橫腹的凹部則無法一刀削。途中木紋變成逆紋，明知有點勉強還是繼續從逆紋處下刀。本來這種地方必須將雕刻刀也反過來使，因此無法一刀完成，但我還是依照自己想法一刀雕過去。父親為此感到驚訝，但我只是想解決技巧上的問題而已，無關表現方式。父親又說：「這個地方如果多雕個貝殼，就可以變成有趣的裝飾品。」關於雕刻的技巧，他會在別人注意不到的地方發現我刀法的不同。

此外還雕了桃子、蠑螺等。我認為從雕刻的角度而言，桃子是可以展現雕刻性的水果，但真正理解我意思的人大概不多吧。因為桃子那指向天際的曲線很有意思，所以拿來作為雕刻題材，工具也只用一把斜口刀，我試圖將斜口刀的趣味與桃子的造型加以調和。

我把雕好的蠑螺拿給父親看，他說：「注意看的話，會發現蠑螺貝殼上的角針雖然只突出一點長度，但沒有一支角針形狀是一樣的。」其實我雕蠑螺時，失敗了五次，不管怎麼雕都不像蠑螺。雖然實物就擺在你眼前，還是有很多眉角不好捉摸，形狀是有幾分彷彿了，但與實物一比就覺得不像蠑螺。表現力很弱。怎麼也找不出問題的癥結，經過一次又一次嘗試並比對實物後，發現貝殼裡面有一個軸，當一支角針在前，即有相對應的一支在背後，形成一個軸，若將貝殼旋轉，它會轉動得非常平順。終於才了解貝殼在成長過程，是以軸為中心，依序長出一支支角針的。所以如果不發現那個軸，也就不成其為貝殼。豁然開朗後，在角針部分依照這個原則雕去，最後的成品和前面那些完全不一樣，準確而且充滿了平衡感。也因為這個發現，我第一次察覺人類的身體也同樣帶有一種動勢（mouvement）。在那之前我只知道依樣畫葫蘆，不了解動勢的道理，如今終於領悟到必須徹底掌握自然的動態才行。

之後不管要雕刻什麼題材，如果沒有看出那個軸，我是不會開始工作的。話說要發現軸的存在並非易事。但是魚也好葉子也好，軸存在於一切事物之中。你必須花很大的工夫才能正確找出軸的存在，透過對自然變化過程的思索，以其可能的理法之推測為依據，去審視自己的作品，合此理法便罷，否則就打掉重練。即使只是一片樹葉，你不去找出它的軸所雕刻出來的作品，因為對它成形的過程不了解，雕出來的東西就是沒有生氣。在展覽會上，這種毫無生氣的作品非常多，造型和實物儘管惟妙惟肖，只因對成形的原理認識不夠，在關鍵的地方失手，成為人偶一樣的東西。人偶與雕刻完全不在一個水平上。我就是在雕刻蠑螺的時候清楚意識到這兩者製作根據的差異。

在考慮雕刻對象的自然物中，雕刻性的有無還是儼然有別。比方以水果而言，桃子可以作為雕刻對象，蘋果則否。鯰魚或魴鮄可以雕，真鯛[90]不行。真鯛是代表吉祥喜慶的魚類，常被拿來雕刻，但它無法成為單獨的雕刻題材。非得從各式各樣的事物中選擇具有較強烈雕刻性的東西作為題材，否則沒有意義。不明白這點只知埋頭創作，我認為還不夠了解雕刻。一眼看去仿真得讓人忍不住想摸摸看的水果，或是將鮭魚的鱗片一枚一枚細緻地複製出來的雕刻作品很多，但嚴格說來那些都不是雕刻，只能算是類似根附雕[91]的趣味工藝品。如果是我的話，或許會雕鮭魚的頭部。

鮭魚的頭部可以展現雕刻性的立體感。

與此相反，以人類自己的力量展現出雕刻性的東西，如果要再拿來作為雕刻的題材，我覺得也是無謂的多此一舉。例如說能樂舞台上演員的身姿神態，從某個角度而言，在舞台空間中意圖向觀眾展現一種雕刻性的感受，是能樂的一大要素。將充滿雕刻性的表現再加以雕刻，我認為毫無意義。

我為數有限的作品散落各地，很多如今已經不知所終。我雕了不少《魴鮄》之類的系列，有時想找來看看卻不知流落何方。有一次是捐贈給什麼公益團體，與這個團體有關的人買走了，聽說後來又轉賣給實業家平尾贊平（Hirao Sanpei）先生，最

90 鯛科的魚種類很多，在日本提到「鯛」（日文發音為 tai）多數場合是指真鯛（學名 Pagrus major），中文又名加納、赤鯮等。鯛為日本傳統高級魚類，是重要節慶、儀式上的神饗之一。

91 「根附（netsuke）」或作「根付」，是一種雕刻了圖案的木質或牙質栓扣，縫附在腰帶上，可以掛印籠或煙草盒等小物。

後下落如何我也不知道。《鯰魚》是由房州那邊的人士收藏。他是一位編織綴錦的職人，後來財務上發生困難，拿出去義賣，由這位職人的贊助者買了去。話說後來又雕了兩三尾《鯰魚》，去處倒是都很清楚。其中之一是由越後長岡的松木先生所持有。《桃子》由劇作家長谷川時雨（Hasegawa Shigure）女士買去。因為小小桃子放在養蠶用的七葉樹木盆中，有如浴佛時的釋迦牟尼般，我覺得很好玩，於是展覽時就這麼擺置，我還在盆子上刻了魏爾倫[92]的詩句，長谷川女士看了特別喜歡，可是我並沒有要賣這木盆的意思，據說讓長谷川女士好生困擾。在第二屆「大調和展」上展出的《鷽》[93]由野口米次郎（Noguchi Yonejiro）先生的親戚購買。《石榴》由京都的一位附庸風雅的人士所收藏，曾經想跟對方借用一下，還發生了不愉快。作品一放手，自己創作的東西也變得很不自由，所以偏愛的作品其實很不想賣給別人。因為經濟的困窘不得不妥協，智惠子也很捨不得。《蟬》雕了不少，都不知道去了哪裡，《蠑螺》也是一概不知。父親覺得《蠑螺》很有意思，我說要賣一百元，父親說他會拿去寄賣看看；不久一位百貨店美術部的人來找父親，說已經以好幾百元的價格賣出去了，父親還把錢拿來給我。他對我的作品竟然可以如此高價賣出，而且喜歡的人也沒有討價還價，覺得非常驚訝。因為在這之前常有人說我「淨雕些有的沒的」，當然也不會有什麼市場價值。

我製作了不少頭像，但因為半數以上都是以父親助手的身分在做，父親的意志貫徹其中，所以數量再多，也不能算是我的作品。即使我以油土或黏土捏塑原型，但翻銅或轉為木雕時都被改得面目全非。法隆寺住持佐伯定胤（Saeki Join）的肖像，也是在父親的名下由我製作原型，但最後的完成品已非原型。佐伯法師的臉有如老婆婆般柔和，卻充滿了強烈的存在感。僧侶通常會霸氣外露，但他沒有，可見那是定境深厚的展現。我想那種容貌是我自作主張捏塑出來的。我能夠堅持己見製作的頭像數量非常有限。在第二屆「大調和展」上，我拿出工房出版社記者住友君的頭

92 魏爾倫（Paul Verlaine，一八四四至一八九六），法國象徵派詩人，代表作有《無言的戀歌》、《雙心詩集》、《懺悔錄》等。

93 即紅腹灰雀（學名 Pyrrhula pyrrhula）。

像參展，那尊頭像可以看出一些自己獨特的雕刻風格來。黃瀛的頭像也是那段時期的作品。黃瀛在日本加入陸軍中野學校的通信隊，接受傳信鴿的訓練，不時過來找我，回到中國後成為信鴿任務的隊長，掛中校軍階，非常開心。後來他被指控是漢奸，聽說在漢口附近被一網打盡後殺害。漢口的山區發現信鴿的箱籠與設備，之後消息全無。到他南京過去的住處打聽，也沒有留下任何線索。他本人為防不測也叫日本的朋友們不要再寫信給他——。（戰爭結束後才傳來他平安無事的消息。）94

黑田清輝先生的頭像也是這時製作的。之後又製作了松戶（Matsudo）園藝學校前校長赤星朝暉（Akahoshi Tomoteru）先生半身像，這尊作品我以所有能想到的手法追求寫實主義的極致，有點向多納泰羅（Donatello）驚人寫實風格致敬之意。銅像本來豎立在松戶的校園，最近因為軍需而被徵收了。此外還雕塑了日本女子大學的成瀨仁藏（Naruse Jinzo）先生，這件作品因為難度關係前後費時十七年。我如果沒有實際見過本人，創作起來特別困難。我見到成瀨先生是在他即將辭世之前，不好直說去見他是為了製作他的紀念雕像，於是僅以慰問的名義見到病床上的他，因此印象非常淡薄。後來是依據照片以及向學校的女老師們請教後展開作業的。我還找來長期幫成瀨先生理髮的師傅，請他看看我試作的頭型像不像。女老師們的印象有點含糊，理髮師卻會給出「這個地方比較尖」之類非常明確的意見。一兩年前趁行程之便曾到女子大學看過，以作品而言沒有什麼餘韻，不是很理想。

智惠子的頭像做過不少，父親的頭像亦然。其中有些毀於地震，有的則毀於自己的手，但大部分都留著。製作了很久的團十郎[95]頭像，本來想做成石膏像，但因為現在沒有石膏，大概會改為黏土。如果一開始就想製作成塑像，都會因材料而呈現出不同的味道來。我過去的雕塑中最大的特色是沒有大型作品。當我正想開始製作

94 作者關於黃瀛回到中國後的消息多屬訛傳。黃瀛一九〇八年生於重慶，父親曾留日，母親為日本人，父親去世後，隨母親回到日本，期間曾短暫在青島就讀日本中學，並開始寫詩，在日本詩壇開始嶄露頭角，並結識宮澤賢治、高村光太郎等人。後入東京陸軍士官學校，「九一八」後回中國從軍，終戰後以少將翻譯官身分參與南京受降典禮。文革期間入獄，八〇年代後任四川外語大學教授。著有詩集《景星》、《瑞枝》。

95 「團十郎」為「市川團十郎（Ichikawa Danjuro）」之略，乃歌舞伎藝者代代相承的名號，此處特指有「劇聖」之稱的第九代市川團十郎，高村光太郎曾有短文〈九代目團十郎的頭像〉。

大型雕塑時，卻遇上材料缺乏，不過就我自己的製作本身而言，今後才是真正的試煉。迄今為止所有的蓄積與準備也都是為了這一天。

我國雕刻的歷史，擁有足以誇耀世界的傳統。我們必須認真地繼承這個優秀的傳統，在此基礎上走出一條屬於我們自己的路。

在日本的雕刻史中，就近代而言，明治、大正時代首推荻原守衛。江戶時代眾所周知，嚴格說來並沒有特別值得一提的雕刻作品，但在技術傳統的維繫上則是毋庸置疑的。不過保存下來的僅僅是作為職人的傳統，在工作中無意識地削、切、鑿、刻，話雖如此，這裡面所蘊含的必然還是來自雕刻的本質，代代相承，以至於今。寺社雕刻的職人宮雕師、手工藝品職人雕金師如此，根附雕職人與佛師之中也是有很多這樣的人。此外民間流傳很多木像，都是無名工匠的作品，其中也不乏佳作。還有惠比壽、大黑天這些福神的雕刻充斥，大都非常誇張畸形，如果找出裡面比較不錯的加以保存，可以將它們設計得更加純粹，並發揚光大。

然而就雕刻而言，如果想奮然而起嚴肅以對的話，就不得不面向鎌倉時代。鎌倉時代當然要看運慶一派的作品，但鎌倉時代的雕刻多少有些俗氣。不過運慶雕的無著禪師像特別精彩，佛像的話，他所雕的大日如來也非常好。他肯定針對古代作品做了不少功課，再加上觀察當時生機蓬勃的現世，以所知所感表現在作品之中。不過人總是脫離不了時代的影響，和古代作品相比顯得俗氣也是莫可奈何的事。另外有一點，鎌倉時代的雕刻比前代多了許多巧思，我認為是當時的雕刻家關於雕刻的觀念已經允許自由思考的緣故。

平安朝的話，大家覺得感動的作品，我同樣也覺得非常不錯。京都神護寺的藥師如來立像非常精彩。如此特別的形象，以孑然之姿獨立於斯，從方方面面看來那尊佛像實在非常有意思。我私下揣想或許這尊雕像製作之前不久，佛師們才開始使用圓口雕刀。從實際製作角度來看，我認為飛鳥時代[96]並沒有使用圓鑿，全都是使用

96 飛鳥時代指崇峻天皇五年（五九二）將宮都設於飛鳥（Aska）地方起，至持統八年（六九四）藤原京遷都完成為止約一百年間。

平鑿。飛鳥時代的作品，比方鼻下人中部分皆雕成三角形，沒有任何使用圓鑿的跡象。飛鳥時代的雕刻，都是透著以平鑿直削的清淨感，因為是帶著清淨的心所做，想也不會想到使用圓鑿。我想圓鑿的使用或許是從乾漆像[97]製作的時代開始的。在乾漆製作過程，蓖麻層的凹處呈圓弧形，平鑿是無法處理的，而圓鑿可以讓乾漆像表現出柔和感。同理亦可推測，木雕大概也是為了表現那種柔和感而使用圓鑿。圓鑿從天平年間開始使用，最早可能用在唐招提寺諸佛菩薩像的製作上。所謂圓鑿，是挖出圓弧形，用得好的話有一種清爽洗練之感，但如果不掌握好分寸，反而會失手把不應該去除的地方給挖掉，搞得只剩下形體線條，互相干擾，作品變得貧弱而缺乏表現力。雕刻到了江戶時代，可說是圓鑿弊害的集大成，造型雖然看起來飽滿，質感卻很淡薄。

使用圓鑿的唐招提寺諸像固然非常精彩，而神護寺藥師像則是圓鑿表現的極致。它在最理想的條件下使用圓鑿，儘管以圓鑿來挖削，手法卻很審慎，絕對沒有過與不及的問題。也就是在只能使用圓鑿的場合有效而合理地驅使這個道具。清楚掌握在表現皺褶的地方以圓鑿深削木頭雕刻的意義。至於在諸如顏面的地方為了不減少木材的厚度，就不使用圓鑿，而是用平鑿切入雕琢。那尊佛像在技術上也是令人歎為觀止，不愧是傳世傑作。

到了天平年間，由於是雕刻作為一門獨立的藝術開始自我具足的時代，精彩的作品比比皆是，大家公認的傑作我完全同意。大約是天平末期吧，新藥師寺的藥師如來我認為雕得非常好。肌膚的表現方式充滿巧思，清楚意識到木頭這種材質，開啟了全新的可能。它就是好在這層意義上。天平時期的乾漆作品無一不精。東大寺三月堂的不空羂索觀音給人大器堂堂之感，頭部特別寫實，卻也非常美。天平年間的塑像也好。當時的塑像與西洋式的塑像做法不同，是用硬泥擠壓捏塑而成。從西洋式塑像的模型製作方式來看，感覺是用柔軟可以自由自在變形的泥土所捏塑，而

97 乾漆工藝日本稱為「乾漆造」，中國稱為「夾紵」或「脫胎漆器」，製作上先以土或灰泥製成內胎，再於內胎上將麻布與漆層交互重疊，待乾固後取走內胎，剩下漆和布的結合體，極為輕盈。作者所言乾漆像，是木雕與乾漆技法並用的佛菩薩像，如神護寺供奉的五大　空藏菩薩坐像。

日本則是將已經硬化的泥土慢慢敲修削減而成，兩者完全不同。

再往前推，我會想把法隆寺夢殿的救世觀音像置於最崇高的位置。這尊像不僅止於雕刻史上的意義，而是昇華到了精神的領域。這尊雕像在雕刻技法上雖然顯得稚拙，卻稚拙得恰到好處，就雕刻而言彷彿有很多缺失，沒有整體的調和感，但它的優點反而出自這些破綻之處，可以說是從未完成的部分湧現出生命來的範例。觀音的容貌和衣紋的樣式完全不是一個系統。身軀沿襲傳統漢魏風格，但頭與手簡直是以活生生的人為標準刻成。法隆寺金堂的藥師如來像也有類似的傾向，但夢殿的觀音最是明顯。我相信救世觀音像的確是以雕出聖德太子的容姿為目的而製作。在製作時間上，也是以盡早完成為目標，並不是經過長時間思考的產物。這是埋首雕刻，專注而忘我，一氣呵成之作。因為仰慕在苦難時代中作為生民仰賴支柱卻中道崩殂的聖德太子，將遺憾與悲憤化為力量，奮勵而起，完全不以最後的結果為意，成就我們今天所看到的作品。這是充滿了神性的東西。雖然是自己雕刻出來的作品，但創作者自己在現場也會覺得是不敢逼視、令人畏怖的佛吧。身軀部分依照從來的樣式，頭部則是以記憶中的聖德太子為模型。就一般的觀點，創作者技術上呈現的笑容，其實是試圖表現經典中所謂拈花微笑的教義。這點我不認同。在創作者的時代背景中，以那樣的心境投入工作，自然會得出我們今天所見的效果。並非為了表現拈花微笑而刻意雕出笑容來。看初學雕刻的人就知道，作品中的人臉總是自然帶著笑意，即使放在古代很可能也是這樣。雕像的眼睛睜得大大，我想這也是製作過程中自然形成的。敬慕聖德太子的心轉為莫名的悲痛，表現在作品的每個角落，也影響了創作者雕刻的手，直到完成這尊造像，而其威容讓人覺得無法在上頭增減半分。和普通的佛像不一樣，它就像某種有生命的活物之化身。在今天看來都如此震撼，古代的人看來肯定更為強烈。於是當時的僧侶們認為一定要封存起來較為妥當。於是它不只是世人無緣得見的秘佛，還要將佛身以布帛一層層包覆後加以收藏。那種規格的佛像處處可見製作上的審慎，根本無暇考慮雕刻技術上的問題。它那望之儼然的莊嚴來自背後製作者無比虔敬之心。所以它感動我們的地方不在雕刻上的技術，更不是它的造型，而是發自內在的驚人氣魄。這是最核心的本質，不可或缺的精神。看到這尊造像讓我理解到，不管在雕刻技巧上有多完美，沒有靈魂是萬萬不行的。這就是這尊造像無與倫比的所在。

從總體看來，我想這是在純粹的時代才會出現的作品。與此同時，它又是在一個危機四伏、多災多難的時代，雕刻家身處其間才能完成這件精魂飽滿的生命之作。我們也應該期許自己在一生之中能夠製作出那樣的雕刻。至少我們在當今如許嚴酷的時代中，如果不抱持同樣的態度，我認為就是一種怠慢。

（談話筆記）

智惠子抄（詩及其他）

致某人

我不要
我不要你離去——

就像非要說果實先於花
發芽之後才有種子
夏天過了是春天
這種違反常理的事情
萬萬不可發生
一個方正的丈夫，或者
一個字體工整的你

單單用想的我就忍不住要哭
像小鳥一樣神經質
像大風一樣恣意而行的你
就要出嫁

我不要
我不要你離去——

為何如此輕易
哎該怎麼說呢——這就好像
好像把自己賣掉一樣
你出賣了自己
從一個人自足的世界

走向與千萬人無異的世界
然後敗給了男人
無意義的敗北
啊啊這是何等醜惡的事情
就好像
提香[1]的畫中人物跑到鶴卷町[2]去購物
我覺得落寞、悲哀
猶如目睹你送我的
大岩桐[3]
巨大花蕊逐漸腐臭
被拋棄的我逐漸腐臭
或是凝視著
飛上天空的鳥之去向
碎裂的浪花般悲苦的自棄之心

虛幻、寂寥、燒灼
——但是和愛情不一樣
聖母瑪利亞
不一樣不一樣
雖然永遠也不會懂得
但我不要
我不要你離去——
更別說你是要出嫁那樣
完全遵從另外一個男人的心意那樣

（一九一二年七月）

1 提香（Titian，一四八八至一五七六），即提齊安諾．維伽略（Tiziano Vecellio），義大利文藝復興後期威尼斯畫派的代表畫家。
2 鶴卷町位於東京新宿區，近早稻田大學，為著名的學生街。
3 大岩桐（Gloxinia，學名 Sinningia speciosa）是苦苣苔科岩桐屬的多年生球根花卉。

某夜的心

七月夜晚的月光下
看啊，白楊樹林發著熱病
空氣中淡淡飄浮的仙客來香味
在你無言的雙唇上啜泣
森林、道路、野草、遠方的街衢
都被難以言表的憂傷所苦
輕輕吐出白色的歎息
並肩而行的兩個年輕人
手牽手踩踏著黑色的土地
無形無影的魔神傾注香甜的美酒

碾軋大地的末班車轟轟作響
彷彿是對人類命運的嘲笑
靈魂悄悄一陣痙攣
印度花布的束帶上透著淡淡的汗漬
繼續像拜火教徒般忍默
心呀、心啊
醒醒吧，我的心喲
甦醒吧，你的心喲
這些都意味著什麼呢
難以斷捨，難以分開，難以承受——
心呀、心啊
從病床上出走吧
摒棄麻藥導致的昏睡吧

儘管映入眼簾的一切如此狂亂
七月夜晚的月光
看啊，也讓白楊樹林發著熱病
難以治癒的疾病啊
我的心在溫室的草叢上
被絕美的毒蟲噬咬而飽受折磨
心呀、心啊
——哎為什麼要喚醒它
在闃寂君臨一切的深夜——

（一九一二年八月）

淚

這世界，正為一樁非常的事態[4]而煩憂
人們每晚聚集到日比谷[5]周邊低泣
大家內心深處滿是淚水
卻若無其事地笑著
一邊在松本樓[6]外頭品嘗冰品
每個人，都為非常事態的傳言而攢緊眉頭
彷彿熟悉的鈴聲輕輕作響
我們交換隻字片語

4 非常事態指明治天皇即將駕崩的傳聞。
5 日比谷（Hibiya）位於東京千代田區，鄰近皇居。
6 松本樓為日比谷公園裡面的法國餐廳。

沉痛，銳利，強烈，無奈
哀歎夏夜冰品的不解風情
凝視著冰冷的銀器
我奪走你的小扇
你站在漆黑的路旁啜泣
我想說什麼卻一時語塞
從身邊經過的人看著我們
為那件非常事態而祈禱
啊——啊——
如果這也是為了那件非常事態而哀歎
即使我們的穿戴過分的妖豔不合時宜
人啊，請原諒我們的眼淚吧

（一九一二年八月）

恐懼

不可以這樣，不可以
用手指去觸動平靜無痕的水面
更不可以丟擲石頭
即使是一滴水的微顫
也會引起無數沒有意義的波動
珍視水之靜默
必須衡量寂靜的價值

在此之前不應該對我開口
你現在想說的話是世界上最大的危險之一

不如閉口無言
因為一出口就是暴雷與閃電
你是一個女人
即使被說像個男人畢竟還是女人
就像夜暗的空中那輪濕濡的圓月
將世界導向夢境、將剎那轉換為永恆的月
就這樣吧，這樣很好
讓夢境回歸幻影
不可以將永恆逆反成剎那
因此
不許將那麼危險的東西
丟進如此澄澈的水中

我心之靜寂是用鮮血購買的珍寶
是犧牲你所無法理解的鮮血換取的寶物
如此之靜寂乃是我的生命
如此之靜寂乃是我的神
連夏夜的食慾
都會引發激烈的干擾
你連這一點都想用手去撩撥一下嗎？

不可以這樣，不可以
你必須衡量寂靜的價值
若非如此
你必須有做最壞打算的覺悟
一粒石頭引發的波動

或許會向你襲來將你捲入漩渦之中
或許會給你帶來千百倍的打擊
你是一個女人
你必須培養堪能承受的力氣
在此之前不應該對我開口
不可以的，不可以

請好好瞧一眼
即使是充滿煤煙與油漬的火車站
在這樣的月亮與有點燥熱的塵霧中
看起來是否也像被某種偉大的美所包覆的寶藏呢
綠色與紅色信號所發出來的光點
在無言與目送之間發揮了絕大的作用

歌聲與月夜的情調遙相呼應
此刻的我被無以名狀的東西籠罩著
某種氛圍
某種主宰不可思議調節的無形之力
讓我獲得貴重無比的平衡
我的靈魂渴望著永恆
我的肉眼目睹萬物無限的價值
靜靜地、悄悄地
現在的我不斷接觸那神秘之力
啞口無言

不可以這樣，不可以
用手指去觸動平靜無痕的水面
更不可以丟擲石頭

（一九一二年八月）

西洋景片之歌

（觀賞充滿童趣的西洋景片[7]）

陸奧國的二本松[8]那個地方啊
越過紅磚嵌砌的
釀酒作坊
從酒精的氣泡中突然冒出
像酒一樣
呵，女子逃出了家門
逃呀逃到吉祥寺[9]
反正要燒起來的吉祥寺

連阿武隈川[10]的水啊
都撲滅不了的火呢
酒與水啊，哎喲
真是仇人相見呀
這酒啊，和水啊

（一九一二年八月）

7 西洋景或作西洋鏡、拉洋片（raree show 或 peep box），為動畫電影發明前的街頭娛樂，道具為四周安裝鏡頭的木箱，箱中裝置照明燈具與故事圖片，操作者拉繩轉動圖片，並配合解說或演唱，觀眾透過鏡頭觀賞。

8 陸奥（Mutsu）國為古代日本行政區，領域包括今福島、宮城、岩手、青森等縣及秋田縣部分。二本松（Nihonmatsu）位於福島縣，為智惠子故鄉。

9 吉祥寺是東京文京區一座曹洞宗寺院，創建於十五世紀中葉，一六五七年曾毀於明曆大火。

10 阿武隈（Abukuma）川發源於福島縣的甲子旭岳，長二三九公里，為日本東北地方僅次於北上川的第二長河流。

某個傍晚 11

煤氣暖爐的火熊熊燃燒
烏龍茶，風，傍晚的眉月

——正是，正是那些，那些就是人間世
他們想要的所謂嚴肅認真就是禮服之類
將天然加上人工之類
直立不動的姿勢等等
他們把自己的心遺失在世間的紛擾中
那顆裸露的、冷暖自知的心——
在你看來這一切並沒有什麼不可思議

那就是所謂人間世啊
內心懷抱著許多俗念
只知道看著眼前咫尺範圍無事生非的冷酷群體
因此，想要誠實活著的人
——從過去，到現在，以及未來——
反而被視作虛偽
受到與你一樣的迫害
卑怯的他們
不真誠的他們
先是發出驚異的聲音看著我們

11 〈某個傍晚〉與〈梟之族〉都是作者初識智惠子後不久所寫，本書所收〈智惠子的半生〉中曾提到「就在這期間，小小的藝術家圈子、女性友人之間哄傳著關於我們兩人的流言蜚語，為雙方家人帶來相當的困擾」。

絮絮叨叨指指點點來打發他們空閒的時間
這些不真誠的傢伙無視事件中活生生的人只知搬弄是非
應該嫌惡的是這樣的人間世
應該愧疚的是陷入渦流中的侏儒
我們為所應為
朝該走的方向前進
遵從自然的法則
不拘行住坐臥我們所思所想都必須達到與自然定律不相違背的境地
只有相信自己才能發揮最理想的力量
不可以因為他們如蟾蜍般醜陋的模樣而感到驚嚇
反而要懂得欣賞他們外表的怪誕之美
我們只要體會愛心即可
解除所有的糾紛

必須為自然與自由而活
如風吹一般，像雲飛一樣
必然的理法與內心的要求以及睿智的暗示都不虛偽作假就好
自然是明智的
自然也是細心的
請不要再為半桶水的他們而心生煩惱
那麼，再來銀座吃一頓簡單的便餐如何

（一九一二年十月）

梟之族

（聽見否，聽見否
咕嚕嘎嘎咕——咕——）

輕薄而不負責任的人口中
發出猶如幽闇森林的鴟鴞被黑毒浸染的聲音
在每個路口、樹與樹之間回響
刺耳難忍
耳膜在深夜作痛
哀傷地看著心中浮現的你的身影
輕薄而不負責任

是惡鳥的本性啊
（聽見否，聽見否
咕嚕嘎嘎咕——咕——）

自己對此起彼落的喧囂回音感到欣喜
朋友之間以交換流言蜚語而得意洋洋
那些鴟鴞之輩啊
雖然我自認比他們強悍
但他們比我油嘴滑舌
眼神充滿暗示，話中藏話
如此輕薄而不負責任
惱人的眾聲喧嘩

不忍卒聽的庸俗言談
將你我的心擺在不倫與滑稽之間
該詛咒的傢伙
那些鴟鴞之輩啊
讓我心狂亂的
或許就是無中生有的無明煩惱啊
那聲音又來了、又來了

（聽見否，聽見否
咕嚕嘎嘎咕——咕——）

（一九一二年十月）

給郊外的人

此刻我心有如大風
朝你飛奔而去
愛人啊
此刻寒氣滲進鯖色魚肉的夜晚已深
你就安詳地在郊外的家中睡了吧
孩童般純真是你的一切
清澈如此
讓遇見你的人都放下造惡之心
在你面前善與惡皆無所遁形
你才是一個最權威的審判官

在我被徹底污染的種種身影中
你以孩童的純真
挖掘出我可貴的本來面目
但我並未察覺
一心將你視為最高的審判官
因你而生的歡愉
讓我相信自己不為人知的那一面
就藏在我溫熱的肉體裡
冬日的山毛櫸枯葉落盡
萬籟俱寂的夜晚
我的心此刻有如大風朝你飛奔
像珍貴細柔的地底湧泉
滲透了你潔白肌膚的每一個縫隙

儘管我的心順隨你的每一個動作
跳躍　舞動　胡亂振翅
但總也不忘呵護你
愛人啊
這是無與倫比的神奇生命之泉
願你安眠
在惡人般冷冽的冬夜裡
心無雜念地在郊區的家中入睡
如孩童般睡了吧

（一九一二年十一月）

冬晨甦醒

在冬日的清晨
約旦河或也結了薄冰
我在臥室中裹著白色毛毯
內心試著尋找
對基督施洗時先知約翰的心
抱著先知約翰頭顱時莎樂美的心
冬日清晨的大街上
迴盪著喀拉喀拉步履細碎的木屐聲
但願恢弘的自然界為我全身所有
就像無聲運行的天道

我也該如此前進
木瓜濃烈的香氣
如甦醒的精靈般睜大眼睛
不知從何處潛入了房間
這時的我
帶著更像是數理學者的冷靜
去理解俗世眾生刻板社會的波動
那些奇怪因果律的運作
起來吧我的愛人啊
這是冬日的清晨
郊外的家中應該聽得到夜鶯的鳴叫聲
我心愛的人此刻睜開陰翳的雙眼
像幼兒一樣伸出雙手

為晨光而喜悅
因小鳥的啁啾聲而發笑吧
當這麼想時
我被難以抗拒的力量所驅動
拍擊白色毛毯
唱起了愛的頌歌
這是冬日清晨
心情興奮激動不已
並高聲吶喊
想像清淨而強悍的生活
淺藍色的琥珀天空
飄浮著看不見的金粉
指示犬[12]的吠聲從遠方傳來

激起我渴求某物的習癖
馬上又思慕起我的愛人
這是冬日清晨
到約旦河咀嚼冰塊吧

（一九一二年十一月）

12 指示犬（English Pointer）為英國培育出來的中、大型獵犬，在打獵時幫獵人指示獵物位置。

深夜的雪

瓦斯暖爐的暖和火苗
發出微弱聲響
門窗緊閉的書房裡
燈光靜靜地照著稍顯疲憊的兩人
入夜後陰沉的天空下起雪來
剛才望外一瞥
已是一片白茫茫
悄然飄落的積雪之重量
地上、屋頂上、兩個人心上都感受到了
但那是飽含歡愉與溫柔的重量

世界屏息，睜大赤子之眼
「你看你看，已經積了這麼厚」
首先隱約傳來遠方的低語
不久即聽到喀喀作響的木屐聲
如此靜謐的夜晚來到十一點
話題枯竭
紅茶苦澀
兩人僅僅是握著彼此的手
側耳傾聽寂靜至極的世界最幽邃的聲音
凝視時光流逝的樣子
微微出汗的臉顯得無比安詳
彷彿可以欣然接納人世間各式各樣的感情
喀喀喀的木屐聲之後似乎有車子開過——

「啊，看吶，這場雪」
當我一出聲
回應我的人突然進入了童話的世界
嘴唇微張
因為下雪而開心
而雪也因為深夜而高興
一直下個不停
暖和的雪
那無聲壓在身上沉重的雪——

（一九一三年二月）

給某人

不是遊玩
也不為打發時間
你來看我
——不畫畫，不讀書，也不工作——
兩天如是，三天依然
嬉笑、調戲、蹦跳、摟抱
任性地擠壓時間
讓好幾天猶如一瞬

啊，儘管如此

那不是玩耍
也不是在殺時間
那是我們飽滿而又無可取代的生命
是生機
是力量
看起來像是過度豪奢而浪費的
八月大自然的豐饒
深山中盛開瞬即枯萎的花花草草
發出聲響的日光
變幻不定的雲朵
太頻繁的雷霆
雨呀水啊
還有那些姹紫嫣紅

整個世界噴薄而出的能量
怎可斷言是虛耗呢
你為我跳舞
我為你謳歌
生命的每一個當下都踏實地前進
書本丟開剎那的我
與書本打開剎那的我
都是同樣的分量
空疏的精勤
或空疏的遊蕩
都與我無緣
當愛意漲滿時
你來找我

捨棄一切，凌駕一切
踐踏一切
卻又滿心歡喜

（一九一三年二月）

人類之泉

世界變成一片生機蓬勃的翠綠
又下起綠色的雨
這些雨聲
成為生物群聚蠢動的生命表徵
總是讓我感到惘惘的威脅
而我激切的靈魂
超越並脫離了我
不斷塑造一個全新的我
方死方生
就像兩點之後接著是三點

綠葉前端又長出新芽般
今天我也可以明顯地感受到
靈魂的加速度
我保持極度的靜默
端坐不動
自然地流下淚來
像將你緊擁那樣專注地想你
你無疑是我的另外一半
沒有人比你更了解我的信念
只有你可以從最深處一起分擔我肉身的痛楚
我中有你
有你
我是一個被人世間的孤獨徹底折磨過來的人

你知道我陷入了何等可怕的自棄之境
能夠洞視我生命之根柢
徹底了解我的
唯有你
我是自己人生之路的開拓者
我的正當性即是草木的正當性
啊，你將這一切都用靈動的雙眼關注著
你始終掌握自己的命運
你具有海流之動力
你之於我
就像微笑之於我
我的生命因你而複雜、豐富
一方面知道孤獨的存在卻不感到孤獨

我在如今身處的社會中
已經自世人眼中理所當然的道路歧出開始走自己的路
再無互相扶持的朋友
剩下的只是彼此部分理解的朋友
對於這樣的孤獨我並不悲傷
此即自然，又是必然
甚至滿足於這樣的孤獨
話雖如此
如果沒有你——
啊，一切將無法想像
想像也是徒然
我中有你
有你

而你的內在是一個廣袤無垠的愛之世界
儘管我因遠離人群而孤立無援
活躍於人性之中
擺脫一切
只知朝你奔去
將肌膚浸潤在既深又遠的人類之泉中
你為我而生
我中有你
有你，有你

（一九一三年三月）

我等

每當我想起你
首先感到的是永恆
有我，有你
此即我的一切
我的生命與你的生命
互為依靠，彼此糾纏，融為一體
回到混沌的最初
所有的差別與偏見在我們之間毫無意義
在我們看來一切皆絕對
在那裡面沒有世人所謂的男女之戰

只有信仰、虔敬、戀愛與自由
而且具有絕大的力量與權威
是人類兩個極端之間的融合
我完全以相信自然的平靜之心
相信我們的生命
然後將所謂人間社會
踩在腳下
以此擊潰頑固的世俗價值
我們遠遠地超越了差別與偏見
我覺得自己的痛苦就是你的痛苦
自己的幸福就是你的幸福
我像信賴自己一樣信賴著你
我認為自己的伸展同時也是你的成長

我相信自己即使早一步出發也不會拋棄你，亦不憂心
當我充滿活力
你也一樣顯得年輕而煥發著光芒
你是火焰
你讓我在越老舊的事物中發現越多新意
在我看來你就是取用不竭的新奇寶庫
是去除了一切枝葉的現實之結晶
你的吻潤澤我唇
你的擁抱給我無與倫比的滋味
你冰冷的手腳
你沉重渾圓的身體
你磷光般皮膚
貫串四肢百骸的活力能量

這些都是我生命最佳的資糧
你信賴我
為我而活
這一切都是生生不息的你自己
我們珍惜生命
我們不停步歇息
我們非得要將自己推向盡可能的高處
必須讓自己成長
變得更為巨大
通向更加深邃之境
——何等的光、何等的歡愉啊

（一九一三年十二月）

愛的讚歎

深不可測的肉體慾望
就像漲潮時驚人的力道——
又像熱得出汗的火焰上
火蜥蜴[13]激烈的翻騰

下個不停的雪在深夜舉行飛翔的婚宴
呼喚寂寞空中的歡喜
我們被世間美麗的力量所粉碎
將全身浸泡在深密的潮流中
對著激昂的玫瑰色霧靄喘息

映照在因陀羅網[14]的一顆顆珠玉上
彷彿無窮盡地重鑄我們的生命

潛藏在冬天的搖籃之魔力以及
受冬天庇蔭而萬物得以萌發的熱氣——
所有這裡面燃燒的一切都和「時間」的脈搏同時跳動
恍惚的電流嘶嘶流遍全身

我們的皮膚異常地警醒

13 火蜥蜴既是實有的生物——蠑螈（學名Salamandridae），又是傳說中的火精靈，亦作火龍。
14 因陀羅（Indra），又名帝釋天（Śakra），為吠陀神話中眾神之首、雷神、戰神。「因陀羅網」指因陀羅宮殿裡用珍珠做網結，網目的每一顆珍珠均可映現它珠，在《華嚴經》中用來比喻重重無盡、一多相即的華嚴境界。

我們的內臟因為生存之喜悅而蠢動
毛髮發出螢光
手指獲得獨自的生命攀爬全身
真理隱藏於混沌而又真實無偽的世界
馬上在我們身上顯現它的樣態

充滿了光
滿溢著幸福
所有的差別都成為自我重複的一個聲音
毒藥與甘露同筐
難耐的疼痛讓身體扭曲
極度的陶醉照亮了神奇的迷宮

我們被雪溫暖地掩埋
溶解於天然元素中
貪婪汲取大地無盡的愛
遙遙地禮讚我們的生命

（一九一四年二月）

晚餐

在暴雨傾盆中
淋成狼狽的落湯雞
買了一升米
價二十四錢五厘
五片鹹魚乾
一根醃蘿蔔
攙了生薑的紫蘇飯
雞籠裡拿的雞蛋
如敲薄鐵片般的海帶
天婦羅

鹽漬柴魚
將水煮沸
像餓鬼一樣我們囫圇吞吃著晚餐

越發強勁的狂風
吹襲著覆瓦
門窗作響屋宇雷鳴
我們的食慾依舊旺盛
被本能驅動吃下東西以形成血肉之軀
一旦進入飽食之後的恍惚狀態
我們平靜地牽著手
內心叫喊著無邊的歡愉
同時祈禱

願日常的瑣事充滿能量
願生活的每一個細節都煥發緊緻的光彩
願我們的一切都充足無缺
願我們總是飽滿

我們的晚餐
具有比狂風還強大的力量
我們飯後的倦怠
讓不可思議的肉慾甦醒
在暴雨中激烈燃燒
讚歎我們的四肢五骸
這就是貧窮的我等之晚餐

（一九一四年四月）

淫心

女人多淫
我亦多淫
從不饜足的我們
在愛慾中耽溺

縱橫無礙的淫心
在夏夜
冉冉蒸騰
如琉璃黑漆浸染的大氣中
化為魚鳥飛躍

沒有造作
你我皆超凡
已經打破尋常規矩的網目
我們力量之泉源
經常發生於創世期的混沌
歷史則成熟於其果實中
那時劫波止息
若然
人間世界的成壞
匯集於當下我們眼前之一點
我們的廣大遍滿一切
淫心襲向胸臆

讓我們憤怒
禮拜萬物
讓肉身起飛
我們放聲呼喊
沐浴在無上榮光中

女人多淫
我亦多淫
不知其盡頭
將萬物放置其間
我們則越發多淫
如地熱般
烈烈爆燃——

（一九一四年八月）

樹下的二人

——陸奧安達之原[15]所見立於兩棵松樹下的人——

那是阿多多羅山[16]，
遠方波光粼粼的是阿武隈川。

像這樣無言地長坐，
變得困倦的頭殼裡面，
唯有遠古的淡綠色松風微微吹拂著。
在冬日大幕初揭的荒山中，
與你兩人手牽手靜靜燃燒的歡愉，

不要藏匿在俯視下界的白雲堆裡面吧。

你將不可思議的仙丹裊裊化入魂之壺，
啊啊，誘人投身何等幽微而美妙的愛之海床，
當我展望兩人一起走過的十年來每一個季節，
看到的無非是你內在蘊含的女性之無限。
正因為被無限之境所困難以脫身，
你淨化了為深情烈愛折磨的我，
將爽冽的青春之泉傾注在被苦澀壓得喘不過氣的我身，
那更像是妖魔般難以捉摸

15 安達之原（Atachigahara）為二本松市地名，位於阿武隈川東岸，以黑塚鬼婆傳說聞名。
16 阿多多羅山，今名安達太良山（Adatarayama），為福島縣中部活火山，日本百大名山之一，標高一七二八公尺。

神奇的幻化之物啊。

那是阿多多羅山，
遠方波光粼粼的是阿武隈川。

這是你出生的故鄉，
那些小小的白壁點點是你們家釀酒的作坊。
那麼我們就將雙腳伸得長長的，
暢飲瀰漫北國樹木香氛的清澄空氣吧。
就像你本身那樣清涼而舒爽，
充滿柔韌與彈性的氛圍中洗滌肌膚吧。
明天我又將前往遠方，
投入那無賴之都、混沌污濁的愛憎漩渦中，

那讓我害怕卻又執著難捨的人間喜劇的深處。
這裡是你出生的故鄉，
孕育你那不可思議、完全不同的肉身之天地。
松風猶兀自吹拂著，
請再度教導我這冬日起始時刻枯寂天地的全景繪卷。

那是阿多多羅山，
波光粼粼的是阿武隈川。

（一九二三年三月）

狂奔的牛

啊，你之所以如此驚恐
肯定是看到那個東西了吧。
就像一閃而逝的魔神，
讓深山的柴木林為之戰慄，
在此幽邃的寂寥之境引發驚人的雪崩，
之後即不知所終
那狂奔的牛群。

今天就到此為止吧，
畫到一半的穗高岳[17]錐形山脊上

灰綠色的雲已經出現
來自槍之岳[18]融冰的
淡藍色的梓川[19]上
也已返照著群山的倒影。
山谷遠處的白楊在風中搖曳。
今天就不要再畫了吧
只要不破壞人跡罕至的清幽聖域
再燒一堆我們喜歡的篝火吧。
被大自然打掃過的乾淨苔蘚上

17 穗高岳（Hotakadake）位於岐阜、長野兩縣交界，為飛驒山脈最高峰、日本第三高峰，海拔三一九〇公尺。
18 槍之岳（Yarigatake）位於穗高岳北方，同屬飛驒山脈，標高三一八〇公尺，為日本第五高峰。
19 梓川（Azusagawa）位於長野縣松本市，為日本第一大河信濃川水系犀川上游別稱。

你也請安靜地坐下。

你之所以如此驚恐
想必是看到被一頭血跡斑斑、年輕而狂野的公牛追趕
因害怕而氣喘吁吁死命奔逃的母牛群。
但是在這麼莊嚴的山上目睹那種露骨的獸性
總有一天你也會產生哀憐之情的。
當你經歷更多事情後，
終將為一種寧靜的愛而面帶微笑——

（一九二五年六月）

金

不要讓工作室的泥地結凍了。
智惠子啊，
不管傍晚的廚房有多冷清，
還是要燒煤哦。
如果臥室的毛毯太薄，
即使上面還放了座墊，
也不可以讓拂曉的寒氣，
凍結了工作室的泥地。
我是冬天不眠的守夜，
派出水銀柱斥候，

向北風展開逆襲吧。
儘管過年有些寂寥，
智惠子啊，
煤還是要燒的。

（一九二六年二月）

鯰

水盆中傳來潑剌的聲響。
夜深時小刀的利刃發著冷光。
砍削樹木是冬夜北風的工作。
即使沒有燒暖爐的煤炭，
鯰魚呀，
你在冰層底下是不是大口大口地以夢為食啊？
檜木屑是我的眷屬，
智惠子並未被窮困嚇到。
鯰魚啊，
你的鰭上有劍，

你的尾巴有觸角，
你的鰓有黑金的鑲邊，
然後你那硬邦邦的樂天腦袋
該是對我所做的事情何等有趣的問候啊。
當風止息鋪地板的房間飄著蘭花香。
智惠子睡了。
我把刻了一半的鯰魚推到一邊，
換上新的磨刀水
專心地研磨明天更加鋒利的小刀。

（一九二六年二月）

夜晚的兩人

預言我們最後將餓死的，
是悄悄落在雪地上雨雪夾雜的夜雨。
智惠子是個具有常人難及之悟性的女子
抱著與其餓死不如接受火刑的中世紀之夢。
我們沉默不語想再度側耳傾聽雨聲。
或許是起風讓玫瑰的枝椏刮在窗玻璃上。

（一九二六年三月）

你越來越美麗

女人將附屬品逐一拋棄後
怎麼會變得如此美麗呢？
你經過歲月淘洗的身體
是無邊無際自由翺翔的天上金屬。
不在乎外貌或世人的觀感
只有實質內在的清冽生物
活著、行動著、勇敢地追求著。
女人要重新成為女人
得通過一番世紀的修煉嗎？
你無言挺立的身影

猶如神之造物。
內心經常感到驚訝不已
你越來越美麗。

（一九二七年一月）

童言童語

智惠子說東京沒有天空，
想看真正的天空。
我訝異地仰望天空。
透過櫻樹嫩葉間隙，
看到的是無法切割
熟悉而美麗的天空。
地平線朦朧的氤氳臯臯
是清晨淺桃色的濕氣。
智惠子看著遠方說著。
只有阿多多羅山上方

每天出現的澄澈藍天
才是智惠子心目中真正的天空。
這是關於天空的童言童語。

（一九二八年五月）

同居的同類

——我咬著嘴唇捏塑黏土。
——智惠子喀哩喀啦織布。
——老鼠前來撿拾散落地板的花生。
——麻雀又把它搶走。
——螳螂在曬衣繩上磨它的鐮刀。
——捕蠅蛛三級跳。
——掛著的手巾兀自嬉戲。
——郵件啪的一聲掉落地面。
——時鐘午睡。
——鐵壺也午睡。

——芙蓉的葉子耷拉著。
——咯咚一場小地震。
在油蟬伴奏下
這一群同居的同類頭上
子午線的大火團從天而降煌煌閃閃。

（一九二八年八月）

交付美之監禁的人

納稅通知書的紅色手感還留在袖子裡，
路上吹著好不容易從廣播中解放的寒夜霜風。

買賣的不合理，買得起的都是擁有者，
擁有即隔離，造成美之監禁的人，是我。

難以兩立的造型秘技與貨幣暴力，
無法並存的創造之喜悅與不耕貪食之苦澀。

在家徒四壁的房子裡等待的是智惠子、黏土以及木屑，
懷裡的鯛魚燒餘溫猶存，但已變形。

（一九三一年三月）

人生遠視[20]

鳥從腳邊撲翅驚飛[21]
我的妻子精神分裂
我的衣物破舊襤褸
瞄準距離三千公尺
哎這槍也太長了些

（一九三五年一月）

20本詩疑似諧擬俳句，暗合其對音節統一的要求：俳句為五—七—五共十七音節，本詩原文每一行都統一為十一音節，中譯亦以每行同一字數（音節）為對應。
21原文「腳邊鳥驚飛」典出日本諺語，意為事出突然。

御風而行的智惠子

瘋了的智惠子緘默無言
只和灰喜鵲或環頸鴴[22]交換眼神
防風林沙丘綿延無盡
鋪天蓋地飄著黃色的松樹花粉
梅雨前晴日的風吹得九十九里濱[23]一片煙塵
智惠子的浴衣在松林間忽隱忽現
白色沙灘上有松露[24]
我一邊撿拾松露
一邊慢慢尾隨智惠子
灰喜鵲或環頸鴴是智惠子的朋友

對謝絕當人類的智惠子而言
美得驚人的清晨天空是最理想的散步場
飛吧智惠子

（一九三五年四月）

22 環頸鴴（學名 Charadrius alexandrinus）為鴴科鴴屬的候鳥，日本稱為千鳥。

23 一九三四年五月，作者將罹精神疾患的智惠子送到千葉縣的九十九里濱療養，與智惠子的母親及妹妹一家共同生活，作者每週一次自東京前來探望智惠子；療養生活前後歷時八個月。

24 此為牛肝菌目須腹菌科（學名 Rhizopogonaceae）的日本松露，春季生於海岸松林沙地，與子囊菌門盤菌目塊菌科的西洋松露科（學名 Tuberaceae）有別。

與環頸鴴遊玩的智惠子

杳無人跡的九十九里濱海岸
智惠子坐在沙灘上玩。
無數的朋友呼喚著智惠子的名。
吱、吱、吱、吱、吱——
環頸鴴在沙上留下小小的腳印
向智惠子走來。
嘴裡總是在喃喃自語的智惠子
抬起雙手回應。
吱、吱、吱——
環頸鴴吵著要吃她手上的貝殼。

智惠子隨手丟給了它們。
成群的環頸鴴呼喚智惠子。
吱、吱、吱、吱、吱——
果斷地揚棄俗世的營為，
一步步回歸自然的智惠子
孤零零的背影映入眼簾。
站在兩百多米外夕照的防風林中
松樹花粉包圍下的我久久佇立。

（一九三七年七月）

無價的智惠子

智惠子看到看不見的東西，
聽到聽不見的聲音。

智惠子前往不能去的地方，
做了不能做的事。

智惠子對真實的我視而不見，
卻戀慕著我身後的我。

智惠子如今擺脫沉重的悲苦，

徘徊於無垠荒漠般的美意識圈。
雖然不斷傳來呼喚我的聲音，
然而智惠子手上已經沒有回到人間界的車票。

（一九三七年七月）

山麓的二人

裂成兩半而傾斜的磐梯山陰
睜大詭異的眼睛看著頭上八月的天
遠處山腳下叢生的芒草
搖曳起伏吞沒了人影
半瘋狂的妻跌坐草地
重重地癱靠我的手臂
猶如涕泣不止的女童般慟哭
——我亦瀕臨崩潰了
被侵襲意識的宿命魔鬼所攫掠
無法逃避與靈魂別離的命運

那種難以抗拒的預感
——我亦瀕臨崩潰了
山風冷冷吹著淚痕斑斑的手
我默默凝視妻的面容
從意識的邊境最後一次歸返
緊抱著我
今生再無挽回妻子的任何可能
我的心此刻裂成兩半墜落
無言地與圍攏兩人的天地合而為一

（一九三八年六月）

某日之記

水墨的橫軸完成後
一邊等待墨乾一邊站著檢視作品
從上高地角度所見前穗高岳的岩石帳幔
墨痕暈染的明神岳[25]金字塔
作品泯滅了時空
從天而降的霧靄直撲我的臉
我的意識卻沒有丁點條件反射的痕跡
乾了的唐紙突然被風掀翻
在這鬼屋的地板房引起一陣騷動
我將它捲成小包

一切苦難在心中甦醒
一切悲歎又回到了肉身
智惠子精神錯亂已經六年
生活的試煉讓我鬢髮如霜
我停下手中工作看著打包用的報紙出神
上面有一張照片
野戰砲靜靜地一字排開對著聳立的廬山[26]

（一九三八年八月）

25 明神岳（Myozindake）為前穗高岳南方山脊上的山峰，標高二九三一公尺。
26 日本軍在一九三七年底攻下南京後，繼續西進，之後即有關鍵的武漢會戰；江西廬山作為國民政府的夏都，日軍若能拿下，即是軍事和政治的雙重勝利，因此廬山之戰成為武漢會戰的外圍攻防戰。日軍於一九三八年七月底開始包圍廬山，由於國民政府軍力守，花了近九個月時間才拿下。本詩作於日軍包圍廬山初期。

檸檬哀歌

你是如此期盼著檸檬
在哀傷、蒼白、明亮的死之床上
當你漂亮的牙齒一口咬下
從我手上拿過去的檸檬時
黃玉色的香氣立時發散開來
那幾滴有如天降瓊漿的檸檬汁
讓你的意識即刻回復了正常
你澄澈的雙眼迸出若有似無的笑意
緊握我手的你彷彿仍充滿健康的勁道啊
雖然喉嚨仍風暴不息

但在這生與死的臨界點上
智惠子成為了原來的智惠子
將生涯之愛傾注於一瞬
然而就在某個時點上
有如往昔站在山頂那樣你做了一個深呼吸
然後你生命的機關即永遠地止息
你遺照前擺飾的櫻花陰影下
今天依舊放上一顆發著清涼幽光的檸檬吧

（一九三九年二月）

致亡者

雀鳥像你一樣黎明即起在窗戶上輕啄
枕邊的大岩桐花像你一樣默默綻放

晨風像人一樣叫醒我的四肢五骸
你的氣息讓午前五點的臥室一陣清涼

我推開白色床單張開雙臂
在夏日的晨曦中迎接你的微笑
你輕聲耳語告訴我今天是什麼日子

你的立姿好像一位權威人士
我成為你的小孩
你是我年輕的母親

這裡那裡都是你
你化為萬物充滿我身

儘管我認為不值得你愛
你的愛卻無視一切將我包容進來

（一九三九年七月）

梅酒

智惠子生前釀造的瓶裝梅酒
十年歲月的重量讓渾濁沉澱而保持光澤，
現在就像凝結在琥珀杯中溫潤的玉。
一個人在早春的深夜覺得寒冷時，
就打開來喝吧，她說
為自己死後留下來的那個人著想。
在自己精神錯亂的不安陰影下，
徹底絕望的悲哀之中
智惠子打理好身邊的一切。
七年的瘋癲以死亡告終。

我靜靜地品嘗
在廚房發現的這瓶梅酒香醇的甘甜。
即使全世界怒濤狂瀾的喧囂
也無法干擾這一瞬。
正視一個孤獨無告的生命時，
世界只能遠遠地圍觀。
晚風也止息了。

（一九四〇年三月）

荒涼的歸宅

曾經如此渴望回到自己家的智惠子
直到死後終得實現。
十月深夜空曠畫室的一角
我拂去塵埃清掃乾淨，
輕輕地將智惠子放下。
站在如此一動不動的人體之前
我渾然忘記了時間。
有人將屏風倒立過來。
有人點燃香燭。
有人幫智惠子化妝。

這些事情都兀自進行著。
天亮後轉眼又天黑
四周一片熱鬧，
家裡擺滿了鮮花，
好像是別人家的告別式一樣，
曾幾何時智惠子卻不在了。
我佇立在空無一人的漆黑畫室中。
外面似乎是人稱名月[27]的月夜。

（一九四一年六月）

27 智惠子逝世於昭和十三年（一九三八）十月五日，三天後即是當年中秋；日本稱中秋之月為「名月」。

松庵寺

在名叫奧州花卷[28]這個偏僻小鎮的
淨土宗古剎松庵寺
秋雨蕭瑟中你的忌辰這天
舉行了一場堪稱素樸的法事
花卷小鎮也未能免於戰火
被燒毀的松庵寺
在小倉房布置了一座須彌壇[29]
兩張榻榻米大的佛堂
雨絲從後方的紙拉窗飄進來
連法師袈裟的下襬也打濕了

法師沉穩地誦讀一篇起請文[30]
溫婉的聲音充滿感情
全身全靈信佛的古人
那種告白真實得嚇人
震撼著活在此世的我
你以無保留的信靠
一生為我燃燒殆盡
在松庵寺小倉房法堂的佛前
昨日種種又歷歷浮現心頭

（一九四五年十月）

28 一九四五年四月作者東京的畫室因空襲而燒毀，五月疏散到岩手縣的花卷町朋友處；八月朋友家也被毀，十月搬到偏僻的山口部落小屋，開始農耕自炊的生活。花卷歷史上屬於陸奥國（奥州）一部分。
29 須彌壇為安置佛菩薩像之台座，又稱須彌座，置於佛堂中央，恰似佛教信仰中須彌山立於世界中央。
30 起請文等同於誓約，上面列舉神、佛之名，若有違背誓言，願受神、佛嚴罰云云。

報告——給智惠子

日本已經完全變了一個樣。
曾令你厭惡到渾身顫抖的
那個旁若無人粗魯的階級[31]
總之已經徹底消失了。
雖說完全變了一個樣，
那是受外力所迫的不得已變革
（世人說那叫日本的再教育。）
不像你是自發地從內在爆發，
搏命似地衷心期盼
一個充滿無限可能的嶄新世界

那些並非依靠自力而發生的改變
在你面前應該覺得很羞愧。
你才是在追求真正的自由。
囚禁在無法追求的鐵檻中，
你所全心追求的事物，
反而將你驅逐出此世的意識之外，
毀壞了你的腦袋。
在如今的世道裡我不禁想起你所受的苦。
雖然日本已煥然一新，
向你報告這些未經痛苦洗禮而獲致變革的我們
實在是百味雜陳啊。

（一九四七年六月）

31指好戰的軍方及其同路人。底下「受外力所迫的不得已變革」指的是日本無條件投降後受聯合國軍占領、統治並主導新憲法的制定。

噴霧般的夢

和智惠子一起搭上那輛時髦的登山電車，
前去觀賞維蘇威火山的噴火口。
夢這種東西就像香料一樣呈微粒狀
仍是二十幾歲的智惠子就像濃厚的噴霧般籠罩著我。
從細長如竹筒的望遠鏡看到
就像噴射機般噴發的天然氣火焰。
同樣的望遠鏡也可以看到富士山。
火山口周圍的看台站滿了人
彷彿火口底部有什麼特別的東西。
智惠子將富士山麓秋日野花的花束

丟進維蘇威噴火口的深處。
智惠子安詳、美麗而清淨
卻又充滿無限的耽溺。
燃燒猶如那山上的水一樣透明的女體
依偎著我踩踏不斷崩落的碎砂前進。
空氣中瀰漫著龐貝城嗆鼻的氣息。
到昨日為止對我全存在的違和感消失
清晨五點我在秋高氣爽的山屋中醒來。

（一九四八年九月）

想像智惠子

想像智惠子和我一起
被岩手群山的原始氣息所包圍
若置身眼下六月的草木之中，
紫萁蕨[32]的絨毛帽子已經脫落
黃鶺鴒開始在井欄探頭探腦的山屋
今年的夏天從此刻揭開了序幕
若置身於充滿活力的季節之晨，
智惠子在三張榻榻米大的房間醒來，
想必會伸展兩手讓飄進來的臭氧清洗全身，
發出依舊二十多歲的聲音

笑著劃十支、一支的火柴
點燃杉木的枯枝
在地爐的鍋子上熬煮美味的茶粥吧。
摘下田裡的嫩豌豆
開心地享用寶藍色清晨的早餐吧。
如果智惠子在這裡的話，
奧州南部山中的獨立小屋
將馬上變成真空管的裝置
散射出無數強力的電磁吧。

（一九四九年三月）

32 紫萁（學名 Osmunda japonica）為紫萁科紫萁屬中較為大型的蕨類，尾端細長，捲著咖啡色絨毛，有如小猴子的尾巴。

元素智惠子

智惠子已經化成元素了。
我不信靈魂可以單獨存在的說法。
而且智惠子真真切切的存在。
智惠子就住在我的身體裡面。
智惠子與我緊密相連，
在我的細胞中點燃磷火，
與我嬉遊，
激勵我，
不讓我變成老衰的獵物。
所謂精神即是肉體的別名。

住在我身體中的智惠子，
就此成為我精神的指標。
智惠子是最高的審判者，
當內化的智惠子沉睡時我就犯錯，
當耳朵聽到智惠子聲音時我就做正確的事。
智惠子開心地跳躍，
在我的全存在中奔馳不休。
元素智惠子至今依然
住在我的身體中對我微笑。

（一九四九年十月）

大都會[33]

置身智惠子所曾憧憬的大自然深處
曲折的命運衝擊了我。
命運讓智惠子活生生被都會所毀，
而都會之子的我卻被放逐到這裡。
岩手山地原始、美麗而純粹，
圍繞著我不容商量。
虛偽與懶散無法在這裡的土壤上生存，
我也像大自然一樣沒有一刻怠惰，
唯有舉身投入一往無前。
智惠子死而復甦，

棲息在我的身體中一起活在這裡，
快樂如斯與山川草木同在。
變幻莫測的宇宙現象，
生生流轉的世代起伏，
這一切智惠子都了然於心，
而我也可以清楚感知。
我的內心澎湃，
儘管人們認為我獨居山林
守著小山屋的地爐
但我卻自認這裡熱鬧有如世間的大都會。

（一九四九年十月）

33 詩題原為法文 Métropole，意即「大都會」。

裸形

我戀慕智惠子的裸體。
內斂而飽滿
如星宿般森嚴羅列
像山脈一樣起伏
無時無刻不被薄霧輕籠，
瑪瑙質地的造型
帶著深不見底的光澤。
即使是智惠子的裸背上小小的黑痣
在我的記憶中都是意味深長，
而記憶在歲月的打磨下

使得存在的全容逐漸點滅。
用我的手再一次嘗試，
讓那個造型重生
是自然所訂下的盟誓，
為此賜予我肉類，
為此賜予我田裡的蔬果，
以及白米、小麥與乳酪。
將智惠子的裸體留在這世上[34]
我也終將回歸天然的懷抱吧。

（一九四九年十月）

34 一九五三年在十和田湖畔所立《裸婦像》雕刻，高逾兩米，是高村光太郎最後作品，或即是以智惠子為靈感來源。

嚮導

只要有三張榻榻米大小就可以睡吧。
這邊是廚房。
這裡是水井。
山泉水就像山上的空氣一樣甘甜。
那塊旱田有三畝，
現在正是高麗菜的盛產期。
此地的疏木林是成排的赤楊，
小屋四周則是栗子樹與松樹。
爬上山坡視野開闊，
南方七、八十公里外可以一覽無餘
左邊是北上山系[35]，

右邊是奧羽國境的山脈，
北上川縱貫正中央的平原，
而霧靄迷濛的盡頭
應該是金華山[36]海域吧。
智惠女士您中意嗎，喜歡嗎？
後方連綿的山巒則是毒之森[37]。
那裡有長鬃山羊的蹤跡，也會有熊出沒。
這樣的地方智惠女士想必很喜歡吧。

（一九四九年十月）

35北上山系位於東北地方最長、縱貫岩手縣的北上川（Kitakamigawa）東側，最高峰為標高一九一七公尺的早池峰山。
36金華山（Kinkasan）是位於宮城縣石卷市外海的小島，島上有黃金山神社，附近海域為著名漁場。
37毒之森（Busugamori）為花卷西邊豐澤湖周圍的低海拔小山，名稱的語源可能來自毛茛科烏頭（山烏兜）子根加工而成、兼具藥性與毒性的「附子」。

那時節

相信人可以令人得救。
智惠子從一開始
就對充滿劣根性的我深信不疑。
你很快就鑽進我的內裡
我的劣根性從此消失無蹤。
你讓我清楚看見自身中
連自己也無知無覺的什麼
我躊躇退縮了。
從倉皇中平復過來，
有一天突然發現

智惠子那認真而純粹的
令人喘不過氣的逼近。
我難得流下眼淚，
抬起頭走向智惠子。
智惠子以無邪的笑容迎接我，
讓我沐浴在一陣清淨甜美的氣息裡。
我沉醉在那甜美中渾然忘了一切。
我連自身的獸性都不再當作一回事
憑藉已成為天人一族的女性不可思議之力
我這個無賴漢有生以來第一次看清了自己的真面目。

（一九四九年十月）

暴風雪夜的獨白

外頭暴風雪肆虐。
這樣的夜晚連老鼠也不會出來，
遠處的山村已沉睡
山上杳無人跡。
將碩大的樹根丟進地爐
燃起了熊熊大火。
因為行年已六十有七
不覺得有什麼特別的壓力。
但只要慾望還在，
就很難展開真正的創作。

美術這種工作
暗地裡的要求其實不近人情。
可毫無慾望也不行，
幾經思考如今還是沒有比較好。
假如智惠子現在出現我眼前
我也就是開懷雀躍而已吧。
嚴厲而不近人情的背後
那若有似無的氣息
大概就是所謂神韻吧。
老衰真的挺傷腦筋吶。

（一九四九年十月）

與智惠子同遊

智惠子身處a次元。
a次元即絕對真實。
與智惠子同遊岩手的山地
如夢如幻卻又是無可置疑的真實。
即使法蘭斯平原長出蘑菇
對智惠子的遊戲也不會有什麼影響。
兩杯白米飯是今天的家家酒。
在牛尾巴上切韭菜。

一邊和強敵糠蚊[38]作戰
一邊將生命寄託在三畝旱田上。

肋骨彷彿被尖錐刺傷
肺氣腫導致大咳不止。

造型乃自然的重心。
是這世界森羅萬象不可或缺的東西。

一切都是智惠子 a 次元的逍遙遊。
人只有在遊戲時方能暫時不顯得那麼卑微。

（一九五一年十一月）

38 糠蚊（學名 Ceratopogonidae）為蠓科昆蟲，又名沙蚊。

報告

這次從山上下來
到你所討厭的東京一看
我出生的故鄉東京
充斥著文化的垃圾
感覺已無自己容身之地。
鋪了一層薄薄瀝青的路上
到處都是沒有用的計程車
你說想去城南
結果被載到了城北。
天空有轟轟爆破音，

地面上則有擴音器。
耳膜貼上鋼片
意志薄弱不事生產的生物
吃著外國進口表面光鮮的淘汰品
狼吞虎嚥還得意洋洋。
你討厭的東京
我也開始不喜歡了。
工作完成馬上就回山裡去吧。
回到那清淨合乎正道的天地
再一次與新鮮無比的你重聚。

（一九五二年十一月）

短歌六首

不要以為心無旁騖
埋首工作的我是寂寞的
智惠子

「瘋子」
人們以令人害怕的用詞
說智惠子

松樹花粉
在海邊漫天飛舞

智惠子成了灰喜鵲一夥
我傾注生命創作達到的極限
智惠子都知曉
痛切地知曉

這個家瀰漫智惠子的氣息
孤獨的我閉上雙眼
卻難以安眠

光太郎、智惠子
共築無與倫比之夢
昔曾在此棲居

智惠子的半生

妻智惠子，精神分裂症[39]患者，在南品川詹姆斯坂醫院[40]十五號病房，因粟粒性肺結核去世至今，再過十天就要滿兩年了。我這一生邂逅了智惠子，為她的純愛而獲得清淨，從過去頹廢的生活解脫出來，我的精神完全寄託在她的存在之上，也因此她的死無疑帶給我劇烈的打擊，一時之間藝術創作彷彿失去目標，充滿了虛無感，好幾個月就此空過。在她生前，我的雕刻作品都是第一個讓她看。每天創作告一段落，和她一起檢討作品好壞得失是件無上樂事。而她總是無保留地接納、理解、熱愛，甚至喜歡將我的木雕小品抱在懷裡一起逛街。如今斯人已遠，世上還會有誰像她那樣如呵護小孩般接納我的雕刻？連要拿給誰看，我都困擾了好幾個月。關於美的創作，單單只有公式化的理念或強烈的民族意識是無法發生的，即便成為創作主題或動機，但真正要發自內心深處、帶著活生生的血肉，還是得訴諸巨大的愛。那可以是有關神的愛，或者家國之愛，又或者一名女性無盡的純愛。再沒有比意識到熱烈看著自己作品的眼神，更能成為藝術家的助力，讓構想絕對可以完成的潛在推力。成果或許最後可為萬人共享，但背後的用心，經常只要那個特定的人知曉就已滿足。對我而言，那個人便是智惠子。所以，智惠子過世後，我猶如置身虛無的世界，儘管想做的事情堆積如山，卻一點也提不起勁。因為一直以熱愛關注我的眼神已經不在了。這樣煎熬了幾個月，偶然在一個滿月之夜，才突然痛切地醒悟到，對我而言，智惠子個體存在的喪失，更讓她無所不在，從此我無時無刻不感到智惠子的氣息充滿周遭，甚至已經與我合為一體，越發覺知到她的長存不滅。我終於恢復了平靜與心理健康，重新充滿創作的動力。每當一天工作結束，看著成品，回頭問道「覺得如何」時，智惠子肯定就在那裡。因為她遍在。

從結婚到她辭世為止的二十四年來的生活，連續不斷的愛與窮困、藝術的精進

39 現今稱為「思覺失調症」。
40 醫院今已無存，在原地立有「高村智惠子終焉之地」碑。

與矛盾，以及和疾病奮戰等等。她在這樣的漩渦中，因為宿命性的精神素質而病倒，最後沒頂於歡欣、絕望、信賴與諦觀等種種糾纏無解的波濤中。有人不止一次建議我寫下對她的追憶，但我始終沒有心情。在痛徹心扉的苦鬥之後，縱然只是日常的小小片段也不忍下筆，何況對這種私生活報告般的東西到底有何意義的質疑，一直牽制著我。但，想想還是寫吧。盡可能簡單地將這位女性的命運留下記錄吧。寫出大正、昭和年代偷偷為這般事情而煩惱、為這般事情而活著、為這般事情而倒下的女性遭遇，請允許我以此作為對可憐的她的餞別吧。我相信只要窮究一人，即可放之四海而皆準，也因此我才甘冒大不韙在如今的時勢之下拿起筆來。

此時冷靜回想，若要簡單描述她的一生，大約是這樣的：

明治十九年（一八八六），智惠子生於東北地方福島縣二本松町附近一個叫漆原的村莊，是世代以釀酒為業的長沼家長女，在地高等女校畢業後，進入位於東京目白的日本女子大學家政科就讀，並開始對西洋畫感到興趣，大學畢業後勉強獲得父母同意留在東京，在太平洋繪畫研究所註冊，學習油畫技巧，與當時新銳畫家中村彝（Nakamura Tsune）、齋藤與里治（Saito Yorji）、津田青楓（Tsuda Seifu）諸氏交往並受到他們的影響，與此同時又參與平塚雷鳥女士等所倡議的女權思想運動，為雜誌《青鞜（Seito）》[41]繪製封面與配圖。這是明治末年的事，不久透過柳八重子女士的介紹與我相識，大正三年（一九一四）兩人結婚。婚後依舊熱中油畫技法的鑽研，但因與日俱增的藝術精進與家庭生活雙重壓力，誘發了肋膜的疾患，經常臥病，之後又接連遭逢父親去世、娘家瀕臨破產等變故，身心的痛苦與煩憂無可言喻。不久因更年期症候群開始出現精神異常的徵兆，昭和七年（一九三二）吞食安眠藥企圖自殺，幸而獲救，雖然暫時恢復健康，之後卻因排斥一切療養，使得腦細胞疾患日漸惡化。最終在昭和十年（一九三五）導致完全的精神分裂，當年二月入住詹姆斯

41 平塚雷鳥（Hiratsuka Raicho，一八八六至一九七一），本名平塚明，日本思想家、作家，女性解放運動先驅，用母親為她準備的結婚資金創辦女性平權團體青鞜社，一九一一年機關誌《青鞜》創刊。「青鞜」為 bluestocking（藍襪）的日譯，其典故來自十八世紀倫敦婦女一般穿黑襪，而穿深藍色長筒毛襪成為受高等教育、尊重知性的婦女團體之象徵。

坂醫院，昭和十三年（一九三八）十月溘然長逝於該院。

她的一生說起來非常單純，徹頭徹尾的個人生活，絲毫與任何社會性生活無涉。除了與《青鞜》相關的短暫期間之外，不過也僅僅就那種程度罷了。不止對社會性事物沒興趣，生性就不具社交能力。《青鞜》期間作為所謂新女性的一員，和一小部分人算是熟識，長沼智惠子這個名字在同伴之間也不時被提起，但充其量只是那些喜歡八卦的傢伙用來加油添醋說好玩的，其實本人一直是沉默、不愛表示意見、內向的個性。和長沼小姐說不上什麼話，才是當時女性友人對她真正的印象。我對那時的她並不太清楚，記得津田青楓氏在哪篇文章中曾描寫，常看到智惠子趿著高跟刷漆木屐，和服下襬拖得老長在前面走來走去。那副引人側目的模樣，加上不言不語，簡直就像個謎一樣令人好奇。大概有人會以為她是什麼女中豪傑，又喜歡賣弄風情，但我可以想像其實是個樸素、也不講究的人。

總之，我對她的前半生幾乎一無所知，知道的是經由介紹認識之後的她。不過已經夠多了，我並沒有特別想知道她的過去，連她的實際年齡也是多年後才搞清楚。

在我心目中，她就是個單純而真摯的女子，內心彷彿永遠滿溢著某種天上才有的東西，全身全靈付出愛與信賴。好強的性格導致她相當內斂，待人接物溫和有禮，絕不輕佻隨便。她試圖不斷自我超越的信念常常令我吃驚，回想起來，肯定一次又一次背著大家勉強自己付出了許多努力。

當時也不知情，她的半生可以說是一步一步走向精神疾病的深淵。就我們兩人的生活看來，大概也不會有其他結果。探究前因後果之前，不免會想，如果不住東京而是老家，或是其他鄉野地方，又或者配偶不是像我這樣的藝術家，而是對美術有所理解的其他業者，特別是從事農耕、畜牧的人，結果又會如何？說不定她就可以在世上多活好些年。越是這樣想像，越覺得她的身體與東京還真是水土不合。東京的空氣，對她而言無味乾燥且充滿沙塵。女子大學時期，在成瀨校長的獎勵之下，她騎單車、熱愛網球，曾經有過元氣淋漓的少女時代，畢業後身體每下愈況，人變得消瘦，一年裡將近半載都往田野、山上跑。與我同居以後，一年裡面也有三、四個月回鄉下老家住。一旦呼吸不到鄉野的空氣，健康就會惡化。她老是哀歎東京沒有天空。我曾經為此寫過一首〈童言童語〉的小詩：

智惠子說東京沒有天空，
想看真正的天空。
我訝異地仰望天空。
透過櫻樹嫩葉間隙，
看到的是無法切割
熟悉而美麗的天空。
地平線朦朧的氤氳臭臭
是清晨淺桃色的濕氣。
智惠子看著遠方說著。
只有阿多多羅山上
每天出現的澄澈藍天

才是智惠子心目中真正的天空。

這是關於天空的童言童語。

我出生、成長於東京，完全無法對她深切的抱怨有所共鳴，私心覺得只要待得夠久，她慢慢就會習慣這個城市的風土，然而直到最後她對新鮮澄澈大自然的渴望始終沒有改變，甚至人在東京，也嘗試用各種辦法加以滿足：一點也不在意在住家周邊雜草叢生的地方寫生，有如探究植物學地在窗台上栽種百合花、番茄，生吃青菜，著迷貝多芬第六號交響曲等等，都可以是為了滿足這種渴望的變形，而且橫亙了她大半生，長期無處訴說的悲哀，超乎想像。在她生命的最後一天，彌留之際依然拿著我帶給她的一顆香吉士檸檬（Sunkist Lemon），那種喜悅想必也是因著同樣理由吧。輕咬檸檬，身心彷彿都被清涼的氣息與汁液徹底洗滌了。

推究導致她最後精神崩潰的最大原因，我想無非是追求藝術精進的狂烈，以及基於對我的純真之愛，與打理日常生活之間的矛盾、衝突所帶來的煩惱吧。她熱愛繪畫。女子大學期間好像就已經開始學油畫，並擔任學校藝術節學生戲劇演出的舞台背景繪製，故鄉的父母原本反對她成為畫家，據說後來是因為她幫祖父畫的肖像意外獲得鄉人肯定才同意。這件油畫我後來也見過，質樸中帶著一股老練，是一色調極美的作品。至於畢業後幾年的繪畫，我所知不多，大概是偏浪漫情調的唯美風格吧。那段時期的畫作全被她毀棄，我一幅也沒見過，只能憑藉她的素描草稿加以想像罷了。和我在一起，主要是不斷做靜物練習，畫了不下數百幅。風景則是返鄉或去山地旅行時才畫，人物畫僅限於素描，並未正式發展為油畫。她著迷於塞尚（Paul Cézanne）作品，理所當然明顯受其影響。那時節我除了雕刻以外也畫油畫，不過我們工作的房間是分開的。她在用色方面一直感到苦惱，又不滿足於那種不好不壞的作品，於是有一種近乎自虐的自我苛責。有一年，她到故鄉附近的五色溫泉避暑，也畫了不少當地風景回來。其中有一幅相當不錯的小品，興起參加文部省美展的念頭，雖然也和其他大幅作品一起送到了會場，最後卻未獲評審員青睞而落選。從此以後不管如何鼓勵，她都不再參加任何展覽。對藝術家而言，有機會讓作品展現在公眾之前，將內心的一些鬱積藉此宣泄出來，不啻精神上的鼓舞，若放棄這樣的管道而封閉自己，或許最後轉而助長了精神內耗也說不定。她一味追求完美，對自己始終感到不滿，使得作品總處於未完成狀態。坦白說，她的油畫在用色方面確實有很多不到位的地方，儘管素描展現了她高超的實力，風格優雅，但無論如何就是沒辦法完全掌握油畫的技巧。她為此傷心不已。不時對著畫架流淚。偶爾到二樓畫室見此情景，都可以感受到那股難以言宣的無助，而我常常連安慰的話都說不出口。問題在於我生活上的困頓超乎一般人想像。除了關東大地震前後破天荒請了一位女傭之外，其他時候都是我和她兩人獨力而為，我們一樣都是造型藝術家，因此時間的安排上莫不絞盡腦汁。遇到互相都全心沉浸於創作時，既顧不上吃飯，連掃除、上廁所都沒時間，一切瑣事便均告停擺。這樣的日子幾乎都要成為常態了，身為女性的她不得不承擔起家庭裡的雜務，何況我一旦整個白天都做雕刻的話，晚上連吃頓飯都捨不得，抓緊空檔寫稿，如此一來更加剝奪了她習畫的時間。像詩歌這類創作，可以先在腦子裡構想大半，即使時間零碎也能加以利用，只有造型美術，沒有完整的時間無法進行，關於這一點她總是放在心上，所以無論如何都不願減少我工作的時間，盡一切努力讓我專注在雕刻上，毫不浪費在處理雜事。她逐漸縮短了油畫創作時間，先後嘗試了黏土雕刻，紡紗，並用植物染色，然後開始織布。她手作給兩人穿的長和服、短外罩到現在都還留著。同樣是植物染權威的山崎斌（Yamazaki Akira）氏在弔唁智惠子的電報上賦了一首和歌：

袖上青絲織痕新
無奈佳人今已遠

她直到最後都沒說出口，對於油畫創作已經死了心。對那樣熱愛並立志奉獻一生的藝術感到絕望，肯定難以釋懷。她服毒自殺的那夜，甚至還在隔壁房間將剛從千疋屋買來的水果禮盒擺成靜物，畫架上也繃著全新的畫布。我看了心中一凜，差點痛哭出聲。她的個性儘管溫婉，但因好強的關係，不管什麼事都放在心裡默不作聲。此外，任何事莫不傾注自己最好的能力，有關藝術方面更不在話下，即使一般教養以及精神領域的各種問題，也一定打破砂鍋窮究到底，不容一絲曖昧，也鄙視妥協。可以說每天從早到晚都像拉緊的弦，最後因不堪極度緊張以至於腦細胞崩壞，精疲力竭而病倒。她這種內在生活的潔癖不知多少次也同時淨化了我。與她相比，我才發現自己多麼污濁且茫漠無知。常常只是看著她的眼睛，就彷彿領受了上百個教訓。她的雙眼，無疑是阿多多羅山上方的天空。製作她的半身像時，尤其痛切體悟到眼神之難以呈現，並以自己的污濁為恥。即使現今回想起來，仍然不得不認為是這些內在蘊含的特質，命定了她無法平安無事地活在這個世上。她活在與這個世界的空氣壁壘分明的世界中。常常讓我覺得她就像這個世界的一縷幽魂。她沒有所謂紅塵俗世的慾望。她只為獻身藝術與愛我而活。總是那麼年輕。精神上、相貌上都明顯的年輕。每次出門旅行，走到哪裡都會有人以為她是我的妹妹，甚至還有說是我的女兒。即使辭世當時，乍看也一點都不像是年過五十的女性。記得剛結婚，我因為完全無法想像她老了會變成什麼樣，開玩笑跟她說「你有可能變成老太婆嗎」，她不假思索地回我說「我在變老之前就會死掉」。沒想到一語成讖。

依照精神病學者的說法，一般健康人的腦可以承受相當程度的苦痛，罹患精神病的人，體質上就某種意義而言大都來自遺傳，或受傷、重病等後天所致。智惠子家族並沒有精神病史，不過她的弟弟，也就是娘家的長男，素行不良，搞得娘家破產，自己最後因怪病潦倒地死於陋巷。但因此就說遺傳體質所致還是很牽強，難以說服我。另外，她在小時候曾經被石板嚴重傷到頭蓋骨，痊癒之後並未發現任何後遺症，因此應該和多年後的病也沒什麼關係。她剛發病時，醫生曾問我是否在國外感染過某種病[42]。我完全不記得有這種事，而且我和她的血液都經過再三化驗，每一次結果都是陰性。綜觀這一切，很難判定引發精神分裂症的病因早就潛伏在她的肉體中。話雖如此，以後見之明的角度再次檢視過往，認識以來，舉凡她的狀態莫不逐漸朝著這個病症的方向發展。她的純真實在非比尋常，一想不開不惜玉石俱焚，個性上非常容易焦躁不安，而對我的愛與信賴，強烈、深刻得幾乎跟嬰兒一樣。我當初之所以被她吸引，正因為她這種獨特之美。真要說的話，她根本就是異常的化身。我在〈樹下的二人〉這首詩中寫道：

這裡是你出生的故鄉
孕育你那不可思議、完全不同的肉身之天地

實在是有感而發。說她一步一步走向最後的分裂也好，或說病症毫不遲疑地如螺旋般一寸寸逼近也好，直到終於覺得事情有些不對勁為止，我對她的精神狀態和其他種種現象從來未有過絲毫懷疑。儘管她個性異常，我總無法聯想到會是病態。開始察覺有異已經是她接近更年期的時候了。

追憶中的她就簡單寫到這裡吧。

一如前面所說，介紹我認識長沼智惠子的是她女子大學的學姐柳八重子（Yanagi

42 大概是暗示諸如梅毒之類的性病。

Yaeko）女士。柳女士是我在紐約時的友人、畫家柳敬助（Yanagi Keisuke）君的夫人，當時正負責櫻楓會的工作。那是明治四十四年（一九一一）左右。明治四十二年（一九〇九）七月，我自法國回到日本，於父親住家庭院祖父過去所住的養老小屋，屋頂開了個採光孔，作為臨時工作室，在那裡專心從事雕刻與油畫。與此同時又在神田淡路町（Kanda-Awajicho）創設了一家名叫「琅玕洞」的小畫廊，舉辦新興藝術的展覽會等活動，另外我也參與了當時日本正蓬勃展開的「昴」派新文學運動，也就在這時我遲來的青春爆發了，與北原白秋[43]、長田秀雄（Nagata Hideo）、木下杢太郎（Kinoshita Mokutaro）等氏密切交往，過著極為耽溺的頹廢生活。不安、焦躁、渴望，以及一種莫名的絕望，每天恍恍惚惚，甚至打算移居北海道，結果這個計劃很快被推翻，前途茫茫之下，我很是經歷了一場精神上的危機。或許是柳敬助君出於朋友的深謀遠慮也說不定，就在這時介紹智惠子和我認識。她極為優雅，沉靜寡言，講起話來語尾好像會消失，往往專注地看著我的作品，喝喝茶，問一些法國繪畫的問題，然後就回去。我對她最初的印象，就是她高明的穿搭，以及精緻的品味。她從來不帶自己的畫過來，所以我完全不知道她畫的是什麼。期間父親幫我建造了現在這間畫室，於明治四十五年（一九一二）落成，我一個人搬了進去。她捧了一大盆大岩桐過來作為賀禮。明治天皇駕崩不久，我出發前往犬吠（Inubo）地方[44]寫生。那時住在附近旅館的智惠子和妹妹及一個好友過來拜訪我，於是我們又見面了。之後她會來我住的旅館逗留，我們一起散步、吃飯、寫生。或許我們的舉止有點奇怪吧，總有旅館的女服務生跟在我們後面監視。好像是怕我們自殺的樣子。據智惠子後來告訴我，那時假設我對她提出什麼過分的要求，她馬上會跳水尋短。我根本不知道她這個心思，在旅館逗留期間，我完全被她清純的態度、無欲的素樸氣質，以及對大自然無盡的愛深深吸引了。她喜歡君之濱（Kimigahama）海岸防風林，在裡頭整個人就像個小孩一樣。此外當我入浴時，意外看到隔鄰浴場正在洗澡的她，突然有種兩人之間

43 北原白秋（Kitahara Hakushu，一八八五至一九四二），詩人、童謠作家、歌人，著有詩集《邪宗門》、歌集《雲母集》及大量傳唱至今之童謠。一九三四年應台灣總督府之邀訪台，發表《台灣青年之歌》、《台灣少年行進歌》等，日治時期台北第二商業學校、埔里農林學校等多所學校校歌亦為其作品。

44 犬吠位於千葉縣銚子市，為關東平原最東端，瀕臨太平洋，以犬吠埼燈塔、君之濱海岸聞名。

命運紐帶緊緊相連的預感。她的體態看起來何等勻稱。

不久便收到她熱情的來信，此時的我，除了她也沒有其他鍾情的女性。但免不了還是幾度懷疑只是一時的感覺。我也警告過她。想到今後生活上的艱困，實在不忍將她拖下水。就在這期間，小小的藝術家圈子、女性友人之間哄傳著關於我們兩人的流言蜚語，為雙方家人帶來相當的困擾。儘管如此，她依然毫無保留地相信我，而我簡直是崇拜著她。惡言惡語越是喧嘩盈耳，我們的關係越加密切。每當我察覺自己心中那些複雜的部分以及渾濁的殘留物，偶爾失去自信時，她總以清淨無比的光照耀我的內在。

在我被徹底污染的種種身影中
你以孩童的純真
發掘了我可貴的真面目
但我渾然不知

一心將你視為最高的審判官
因你而生的歡愉
讓我相信自己不為人知的那一面
就藏在我溫熱的肉體裡

我曾這麼寫道[45]。是她純一貞定的愛拉了我一把，終於將我從自暴自棄的頹廢中拯救出來。大正二年（一九一三）八、九月，我在信州上高地（Kamikochi）[46]的清水屋旅居了兩個月，為那年秋天由生活社主辦、於神田維納斯俱樂部與岸田劉生君、木村莊八（Kimura Shohachi）君等人的油畫聯展畫了數十幅作品。那時前往上高地都是從島島（Shimashima）[47]經岩魚止（Iwanadome），再翻越德本山口（Tokugotoge），路

45見〈給郊外的人〉。
46信州為古代信濃國別稱，即今長野縣；上高地為飛驒山脈南部梓川上流景勝地、登山基地，中部山岳國立公園的一部分，隸屬於松本市。
47島為長野縣松本市安曇地方的聚落，松本電氣鐵道上高地線終點站，著名的觀光、登山轉運站。

途相當遙遠。那年夏天同住的還有窪田空穗（Kubota Utsubo）氏與茨木豬之吉（Ibaragi Inokichi）氏等人，也巧遇前來穗高登山的韋斯頓伉儷[48]。時序進入九月之後，智惠子攜帶畫具上山探訪我。接到通知那天，我越過德本山口到岩魚止迎接她。她將行李交給嚮導，一身輕裝地上山。山上的人對她的健步如飛驚奇不已。我帶著她一起翻越德本山口，來到清水屋住處。看到上高地的風景，她的興奮之情溢於言表。從那天起，我每天扛著兩人的畫具和她四處寫生。那些日子她的肋膜好像有些疼痛，所幸沒有惡化。我這時才第一次看到她的畫作。她以十分主觀的視點描繪大自然，自成一格，我認為只要繼續努力，非常值得期待。我則是將眼中所見的穗高、明神、燒岳、霞澤、六百岳、梓川如實地描繪下來，當時所畫的一幅自畫像，後來她臥病期間也一直放在身邊。韋斯頓曾問我智惠子是我妹妹還是妻子。我說是朋友，他回以苦笑。那時東京某報以「山上之戀」為標題，繪聲繪影報導了我和智惠子在上高地的情形。想必是從下山的人口中加以捕風捉影的結果，卻又再次造成家人的困擾與痛苦。十月一日山上所有人一起下至島島。德本山口周邊厚厚一層桂木[49]的黃色落葉，美得令人難忘，也長存智惠子記憶中。

我的父母親越來越擔心我的狀況。真的很對不起母親。不管父親或母親，他們的夢想都破滅了。不僅所謂利用留學歐美的身分在雕刻界闖出一片天不成，我還拒絕去學校教書，理所當然娶個江戶姑娘也沒有，根本不知道在想什麼。但明知對不住他們，大正三年（一九一四）我依然硬著頭皮懇求父母同意我和智惠子成婚。他們點頭了。由於婚後將卜居工作室，不擬待在父母身邊，所以家族的土地、房產全部登記在與父母共同生活的弟弟夫婦名下[50]。我們可以說是家徒四壁、一無所有，當然也不能奢望去諸如熱海等地蜜月旅行。從此開始了長期的貧困生活。

---

48 韋斯頓（Walter Weston，一八六一至一九四〇）為英國聖公會牧師，著名登山家，被譽為日本現代登山之父，曾三度長期居留日本，著有《日本阿爾卑斯的登山與探險》（*MOUNTAINEERING AND EXPLORATION IN THE JAPANESE ALPS*），作者即是在韋氏第三度旅日期間（一九一一至一九一五）巧遇。

49 連香樹（學名Cercidiphyllum japonicum）是連香樹科連香樹屬的植物，日文作「桂」。

50 日本傳統上由長子繼承所有家產，但也必須負責奉養父母。

智惠子生長在富裕的大家族，興許是這個緣故，看待金錢極為淡泊，對貧困的可怕也一無所知。當我因為囊空如洗必須將西裝賣給舊衣商時，她在一旁也不覺得有什麼，廚房抽屜如果沒錢，了不起不出門買東西就是。時不時擔心斷糧，但也會說，狀況再糟還是要盡可能工作下去，對，你的雕刻絕對不可半途而廢。我們沒有穩定的收入，有錢的日子固然不少，一旦沒錢真是當下一籌莫展，再怎麼翻箱倒櫃，沒有就是沒有。結婚二十四年，我頂多給她添過兩三次新衣吧。她單身時代那些飄逸的服飾逐漸少穿了，最後甚至不再注重打扮，在家一年到頭毛衣配長褲。即便如此，還是有一種極美的調和感。我有一首〈你越來越美麗〉：

女人將附屬品逐一拋棄後
怎麼會變得如此美麗呢？
你經過歲月淘洗的身體
是無邊無際翱翔天上的金屬。

就是當時的寫照。

儘管對自身的貧困處變不驚，但娘家的沒落卻狠狠傷了她的心。她曾多次返回故鄉試圖重整財務，終還是以破產收場。二本松町的大火，生父的辭世，繼承人的放蕩、破滅……對她而言都是難以承受的傷痛吧。過去雖然常生病，但只要回到老家就會好起來。如今無家可歸，那種寂寥荒涼是如何啃噬著她呀。她也沒什麼可以排遣寂寞的朋友，這樣的命運只能說是個性使然。將一切寄託在對我的愛，導致與學生時代的朋友逐漸疏離，僅剩的立川農事試驗場佐藤澄子等兩三位密友，一年也頂多見一兩次面而已。學校時代的她相當健康，甚至運動得有些過頭，但畢業後肋膜老是出毛病，和我結婚後沒幾年，終於發展成嚴重的濕性肋膜炎，所幸獲得治癒，不料之後開始練習騎馬，不知道是不是這個緣故，引發了子宮後屈症而住院開刀。盲腸還有其他部位也常感到不舒服，對生活很是困擾。她的半生之中，最能享受健康的僅有大正十四年（一九二五）前後一兩年而已。話說她即使生病了也不會整天愁眉苦臉，總是開朗而平靜。悲傷時固然會流淚哭泣，但很快就雨過天青。

大約是昭和六年（一九三一），我到三陸（Sanriku）地方旅行的時候，她開始出現精神方面的問題。之前從未將她一個人留在家裡，自己出去旅行超過兩個星期，這一次我一走就將近一個月。期間她的姪女來住了幾天，她母親也來看過她，或許談話的內容讓她感到特別孤單無助，還對母親說她想死。正好也到了更年期將屆的歲數了。隔年也就是昭和七年（一九三二），洛杉磯舉辦奧運，七月十五日早上，她一直沉睡不醒。大概是前一晚十二點過後服用了安眠藥，粉末二十五克裝的瓶子已經空了。她就像個小女孩一樣圓潤，闔上雙眼、嘴巴緊閉地仰臥床上，任憑我怎麼叫她搖她依舊不省人事。呼吸如常，但體溫很高。醫生立刻過來進行解毒，並跟警方報案，再送到九段坂醫院。她留下了遺書，只寫著對我的愛與感激，以及向我的父親謝罪，遣詞用句一點也看不出頭腦有異狀。經過一個月療養與看護，所幸復元出院，後來有一年時間健康情況還不錯。由於在意她腦部的各種故障，想說出去走走會比較好，一起前往東北地方進行溫泉之旅，不料回到上野車站卻比出發時更加惡化。症狀時好時壞。初期有許多幻視，我讓她躺在床上將所見一一畫在筆記本上，她將不斷變化的幻象畫下來，並標記時間，然後拿給我看，激動地向我描述那些絕美的形狀與顏色。經過這個階段後，接著全體意識陷入恍惚，不管吃飯、洗澡都像嬰兒一樣，需要我幫她一把。醫生和我都以為不過是更年期的短期現象，於是安排她前往她母親、妹妹在九十九里濱的家做移地治療，並服用安息香雌二醇酯（estradiol benzoate）。我每個禮拜搭火車去探視她一次。昭和九年（一九三四），我的父親因胃潰瘍住進大學附屬醫院，出院後於十月十日亡故。那時住在海邊的智惠子身體好轉，已脫離了朦朧狀態，只是腦部病變反而更加嚴重。和鳥一起遊戲，甚至認為自己是一隻鳥，佇立於松林一角，不停叫喊著「光太郎、智惠子——光太郎、智惠子——」個把鐘頭。等父親後事告一段落，從海邊回到工作室後，智惠子的病情更像火車頭一樣暴衝。雖然請諸岡存博士做了診治，但她開始發生各種狂暴行為，自宅療養變得有危險，於是，昭和十年（一九三五）二月，透過熟人的介紹，入住南品川的詹姆斯坂醫院，委由院長齋藤玉男博士悉心安排一切治療。尤其幸運的是智惠子的姪女春子，剛成為一等看護士，可以從頭到尾無微不至的照護。仔細追憶昭和七年（一九三二）以來智惠子的所有經歷，依然讓我痛徹心扉。唯一安慰的是，醫院生活的後半段，病情相對平靜，儘管罹患精神分裂，但過去無法以油畫進行的表現，卻透過剪紙得以順心完成。數以百計的剪紙畫作，無異是她豐饒的詩篇、生活的記錄、愉悅的造型、色階的對比、幽默，以及微妙的愛情傾訴。她在這裡其實過得很健康。將作品拿給前來探望的我看，是她最快樂的事。在我觀賞的當下，她笑得何其幸福，又何其羞怯。最後一天，她自己整理了其中一個作品，交到我手中，伴隨粗重的呼吸，是微帶笑意的表情。那是一張完全放心的臉。在我帶去的檸檬香氣滌淨了身心後數小時，極度沉靜中，智惠子告別了這個世界。那是昭和十三年（一九三八）十月五日的夜晚。

九十九里濱的初夏

昭和九年（一九三四）五月到十二月底，這期間的每個禮拜，我都會從東京前往九十九里濱一個名叫真龜納屋（Magamenaya）的小村落，探望我那因為精神疾病暫居在親戚家的妻子。真龜，距離以海水浴場聞名，同時也是沙丁魚漁場的千葉縣山武（Sanbu）郡片貝（Katakai）村南方不到四公里，一座靠海的寂寥漁村。

九十九里濱是從千葉縣銚子（Choshi）再過去的外川尖端開始，到南邊太東岬的一處海灘，沿太平洋岸綿延十幾里，幾近一直線的大弓狀曲線，毫無遮蔽，空曠且壯闊。真龜大約就在這段海岸線的正中央。

我先從兩國搭火車到大網（Oami）站，接著乘坐巴士在平坦的水田間穿行大約八公里，抵達一個名叫今泉（Imaizumi）的海岸村落。五月前後，稻田貯滿了水，四處可以看到白鷺的身影，時而三五成群，為水田增添不少日本風的畫趣。我總在今泉交叉路口的茶店稍作休息，再轉搭開往片貝的巴士。車行不到四公里，跨越真龜川就到了真龜。村落小路朝海邊的方向，有一片黑松樹防風林。妻子寄居的親戚家，就坐落在防風林裡略高的沙丘上，從和式起居間望出去是整面沙灘，越過遠處兩三棟小小漁家屋頂，可以看到九十九里濱的白色浪花，而蔚藍的太平洋就像高聳的堤岸般形成一條無邊無際的水平線，將風景分斷開來。

上午從兩國站出發，下午兩三點左右到達這個沙丘。我拿出一週份的藥、糕點，還有妻子愛吃的水果。妻子發出帶著熱情的呼吸開心地迎接我。我每每邀她沿著沙丘的防風林散步。我們在散落著小松樹的矮丘上坐下來休息。五月陽光斜射在白沙上，飽含海潮氣息的微風，掀動翠綠的松枝發出隱隱的松濤。沐浴在香甜空氣中的我陶然忘憂。五月正是松花盛開時節。黑松新芽抽長的尖端，可以看到那小小、黃色、米袋形、搖搖晃晃的雌球花。

也是在九十九里濱的這個初夏，生平第一次目睹松樹花粉飄揚的壯觀場面。防風林黑松的花一旦成熟，黃色花粉就會乘著海風紛飛，景象堪稱驚心動魄。中國黃土地捲起的沙塵，渾濁昏黑得可怕，松樹花粉隨風飛揚教人聯想到黃土沙塵，不同的是明亮且帶有透明感，還有一股無法言傳的芳香瀰漫四處。極盛時期，連起居室的榻榻米上都會覆上一層花粉。我輕輕拍落妻子浴衣肩上的花粉，站了起來。妻子則不停挖掘腳邊沙堆，撿拾松露的球莖。隨著太陽西斜，轟隆的海潮聲越發強勁。環頸鴴向海邊快步走去。

智惠子的剪紙畫

聽說讓精神病患者做一點手工藝比較好，所以智惠子住院半年後，亢奮狀態稍微趨緩，我便為智惠子帶去她平素最喜歡的千代紙[51]。智惠子非常開心，立刻拿來摺千羽鶴。接著的探望，只見從天花板吊下來的千羽鶴越來越多，非常好看。除了紙鶴，病房中還垂掛著不少充滿創意的紙燈籠或各式精心傑作。某次會面，智惠子拿了一個紙袋給我，示意我打開來看看。裡面細心擺放了她用剪刀裁切色紙而成的剪紙作品。我看了非常驚訝。因為那絕對是紙鶴無法並比的精彩藝術品。看到我的讚歎，智惠子羞澀地笑著表達謝意。

那陣子，舉凡身邊一有可以用的紙，她就拿來創作，漸漸地對色彩多了些要求，會主動指定色紙。我總是盡快到丸之內的榛原和紙店，購買了幾種小孩摺紙用的色紙帶過去。智惠子就此展開了她的「工作」。依照護士們的說法，除了感冒、發燒以外，似乎每天都在「工作」，從早上即不停進行她的剪紙創作。她使用的是尖端彎曲、修指甲小剪刀。手持一把那樣的剪刀，先定定看著紙，不久便喀嚓喀嚓一股腦兒剪個不停。圖案的種類是將色紙直角對摺兩次，或再對摺一次，然後下剪，最後將色紙攤開，即成對稱的圖案。有些圖案非常有趣。起初只是用一張色紙完成一件單色作品，慢慢發展為加以留意色調配合、彩度均衡、構圖比例等方面的心思，儼然紙張變成了她的畫布。就好像十二單衣[52]那種重層設色之美，一張剪紙上面又貼上另一張不同顏色的剪紙，顏色的協調或對比形成妙味無窮的作品。又如同色層疊、近似色構成，或以剪刀裁出立體線條，展現了各種創意的技巧。有時還會將立體的剪紙貼在另外一張紙上，讓底下那張紙的顏色隱約浮現在上方紙張裁線的縫隙，形成一種難以言喻的美感。智惠子逐一將觸目所及的事物當成題材表現。餐點送來時，

51 千代紙是摺紙用的方形彩色印花紙。

52 十二單衣是平安時代後期開始公家女性的正式服裝，由「袴、單、五衣、打衣、表著、唐衣、裳」所構成，層層疊疊總重可達二十公斤。

如果不先將餐盤上的食物再現於紙上，絕不拿起筷子，以至於往往將吃飯時間拖得很晚，造成護士的困擾。這上千張的剪紙畫無一不是智惠子的詩篇，是她心情的抒發、靈敏的反應、生活的記錄，也是她對此世的愛的告白。我永遠忘不了智惠子將這些作品拿給我看時，她那既害羞又開心的臉。

山之四季（隨筆）

積雪未消

這個山區積雪未消。雪融大概還得等半個月左右。層層堆積的雪最底下變成冰片（所謂凌汛嗎），新雪輕柔地覆蓋其上，蓬蓬鬆鬆的。把雪鏟到堅硬層，開出一條通達小屋的路徑，沒多久又被埋沒。大約每三天一次吧，今天又是個大雪天。但是和十二月前後的雪不一樣，雪片更大，卻像棉花或羽毛那樣輕，與其說是降雪，感覺倒像在整面風景中飛舞而下。如果視線追著無數飛舞的雪片看，會令人暈眩。一種舒服的暈眩。好像自己的身體也飄浮在空中。套上防空頭巾[1]，把著鏟子，置身這樣的雪中鏟雪著實愉快。輕飄飄的雪落在樹木的枝椏上，也落在頭巾上，比起正宗的砂糖雪更具有雪應有的情趣。儘管不要說蕗薹[2]，連樹木的新芽都還沒露出頭來，但總覺得春字已經有了一撇。

七月一日

日出時刻儘管有長條橫雲，卻是個晴朗好天。二十三度。朝露遍野，田土潤澤。一如往常點燃地爐的火，將飯鍋裡面的剩飯蒸熱，煮味噌湯。加入湯中的食材是「水蕪菁」和風乾鯡魚。「水蕪菁」這東西是我去年移居東北地方才認識的野菜，其實是野菜中的珍品。它的原名好像叫蟒蛇草。那是深山河谷水邊的崖岸叢生的草本植物，長大後最高也不過六十公分左右，跟它的名字一樣，有著水嫩嫩的淡綠色葉子和莖幹，靠近根部的地方轉為好看的淺紅色。它的莖幹孤挺，沒有歧出的枝椏。吃

1 防空頭巾是二次大戰末期產物，為空襲時保護平民頭部至肩部而製作的棉布頭巾，中間填塞棉花。

2 款冬（學名 Petasites japonicus）為菊科蜂斗菜屬多年生植物，日本稱之為蕗（fuki），其花莖叫蕗薹，是早春時節的山菜。

的就是它的莖。不管是水煮蘸醬，用鹽醃漬成醬菜，或是當作湯料，怎麼做怎麼好吃。跟蕨菜一樣口感黏滑，也不會有什麼怪味。水蕪菁本身沒有什麼味道，而不管煮多久都不會變得軟爛，吃起來總是爽脆。岩手縣這裡的人非常珍視這種野菜，也是常出現在餐桌的佳餚。夏天是採摘水蕪菁的季節。不過不往深山裡去是採摘不到的，所以城裡的人一般都是到市場購買的樣子。市場上賣的肯定不便宜。我的水蕪菁都是村裡一個叫恭三的農夫還有小學分校的一個太太送我的。水蕪菁的黏滑和鯡魚的油脂是絕配。

準備煮飯的時候，我會先到園子裡巡一遍，抓除菜蟲。最初做這件事有點噁心，到現在則不管看到什麼蟲就抓起來捏死。順便採摘山東菜[3]和田芹，用鹽巴揉捻後就是一盤即席小菜。清晨六點做好早飯。那時小屋外面都是樹鶯和杜鵑的叫聲。杜鵑天還沒亮就開始啼叫，幾乎整天沒個消停，好像永遠也叫不夠似的。像這樣不辭辛苦地求友的鳥也算罕見了，和急急如律令的蟬差不多。遠處還傳來布穀鳥的叫聲。小屋一帶不見麻雀，取而代之的是鶺鴒。鶺鴒吃東西不挑，連垃圾糞便都吃。只有樹鶯的叫聲不拘何時聽起來都覺得很優雅，蓋過其他鳥叫聲，在山谷兩邊回響，餘音裊裊。

3 山東菜是非結球白菜的一種。

過年

沒有比大年夜更開心的。應該說除夕比元旦那天更加令人開心[4]。那是知道接下來還有歡樂滿滿的一天因而感到加倍開心的緣故。神社祭祀的前夜祭「宵宮」、聖誕節前夕平安夜的聚餐還有大年夜都是這樣的感覺。想起小時候，大年夜的愉悅是那樣特別，一年裡面僅此一次，不是別的日子可以比擬。好像心中有股莫名的焦躁，家裡面瀰漫著某種帶香味的煙霧，大家忙得人仰馬翻，然後又有一種說不出的拘謹等等，總之那些快樂時光不是三言兩語可以道盡。我還小的時候，店家交租或結帳都是半年一次，每到年底這天，中午過後直到入夜，店家的二掌櫃抱著帳簿、手持提燈從我們家廚房門進進出出，絡繹不絕。廚房的大灶上已經擺上年節的裝飾，柱子上方高處的櫥櫃裡供奉的灶君「荒神」，也換上了新的松枝和御幣[5]，松枝上用白色畫筆利落地橫畫上一道白線，不知為什麼總是教我印象深刻。一般說來做母親的都覺得荒神法力無邊，所以特別敬畏，凡事誠惶誠恐戰戰兢兢的。打開廚房的櫥櫃一看，各種大碗盤裡面盛滿了燉煮的菜餚或是紅豆餡，但這些都是為過年的歡樂而準備的東西，小孩子未經許可是不能碰的。我還記得每當店家的二掌櫃們忙進忙出的時候，與往年一樣，都會有一個來自名叫二合半的鄉下農家，拉了輛搬運車來，將上面的一捆捆蘿蔔堆滿工作間，說是為了「報答一整年免費使用堆肥的恩情」。除夕夜即使不睡覺也沒關係，這對於平日被要求早早上床睡覺的小孩子而言，可以和大人一樣晚睡，讓每個小孩都倍覺興奮。因為元旦那天不能打掃衛生，所以我必須在大年夜負責玄關、走道和庭院的掃除，以及在門口掛上大燈籠。不久「砂場」蕎麥麵館（有趣的是，好像很多蕎麥麵館的店號不是取名「藪」就是「砂場」）[6]送

4日本於明治六年（一八七三）宣布改曆，以太陽曆取代太陰曆，過年即是指太陽曆（新曆、西曆）元旦。
5御幣為日本神道教祭神幣帛的一種，以兩張白紙剪成螺旋幣串，對稱垂掛於竹棍或木棒上。
6日本蕎麥麵有起源於大阪的三大老鋪——砂場、更科、藪，後在東京等地發展為系列連鎖店。

來疊得老高的蒸籠。和父母、兄弟姐妹、爺爺坐在一起吃蕎麥麵的幸福感遠遠不是快樂可以形容。爺爺總是說「大家能夠團聚吃大年夜的蕎麥麵真的是可喜可賀啊」。

再過沒多久，一百零八響鐘聲就從四面八方傳來。我們住下谷（Shitaya）的仲御徒町（Naka-Okachimachi）時，聽到的是淺草寺的鐘聲，住在谷中町（Yanakacho）時則是上野寛永寺的鐘聲。等爺爺和弟妹們睡了，父親、母親和我坐在茶之間的長火鉢[7]旁，時間已來到半夜兩點。彷彿整個世界都靜了下來，冬夜強風撼搖門窗的聲音顯得特別響。在煤氣燈下，母親取出用一張張紙對摺後裝訂起來記錄出納明細的大福帳，父親拿起算盤開始計算這一整年的帳目。父親會邊喝著福茶[8]，邊拿算盤給我看，說「只剩下這麼一點」。大概是五百元到八百元之間，在年紀還小的我看來已經是筆巨款，對父親的信賴感也油然而生。記得那時一整年的總支出是兩千元左右。雖然大人說明天睡晚點也沒關係，但鑽進被窩時卻了無睡意，心裡只想著「明天一定要第一個到學校」。在東京過年很少遇到下雪。整個十二月的天氣可以說就像小陽春一樣。

現在又是如何一片光景呢？過年一定下雪。當年十二、三歲的我，如今已經六十四歲，成了別人口中的老翁。此外東京的老家被火燒了，疏散地[9]陸中花卷（Rikuchu Hanamaki）的家後來也燒了，因為這樣，夢想多年的山林生活意外得以實現，我第一次在岩手縣稗貫郡（Hienukigun）太田村山口部落一間方圓三百公尺不見人煙的獨立家屋迎接新年的到來。去年十一月十七日，我扛著棉被搬進了這間不到三十平米的小山屋，開始了獨居生活。翻開去年的日記，上面寫著十月底已經結霜（今年到現在都還沒有初霜），十一月二十八日那天邊出太陽邊下起了雪，是當年的初雪。隔天二十九日小屋的水凍結，似乎就是去年的初冰。十二月二日降起小雪，三日雪

7 陶瓷器或金屬製大盆，中燒炭火，可以取暖、燒開水。

8 日本人在除夕、過年與各大節氣所喝的茶，在煎茶中加入黑豆、昆布、梅乾、山椒，有去病息災祈福之意。

9 二次大戰末期美軍對日本本土進行大規模轟炸，其中對東京百餘次空襲中投擲燒夷彈造成的破壞最為嚴重，傷亡近三十萬人，家屋被毀八十五萬戶，帝都幾乎化為焦土；城市居民有組織地疏散到較為安全的鄉下地區，即所謂「疏開」或「疏散」。參見下文〈山裡的人們〉。

下了一整天，四日已積了厚厚一層，蘿蔔都結凍了。之後三天天氣都沒有好轉，雨雪夾雜著下，晴朗的日子越來越少，到了二十九日粉雪霏霏，村人們都要穿著雪屐才能在及膝深雪上行走。大年夜那天，村裡一個年輕人過來幫我鏟除屋頂的積雪。至於小屋外面用茅草製作的防雪圍籬，則是早在十二月四日來了一大群村子的年輕人幫我做好了。為了防範強勁的西風，防雪圍籬搭在小屋的西側，有如城牆般壯觀。由於村民仍舊沿用舊曆，所以年底這天村子裡似乎沒有什麼特別的活動。我用樹枝自己做了一個被爐架，上面覆上棉被，從那時開始了我的被爐生活，一直到深夜突然意識到這是自己有生以來首次經驗的獨特大年夜，一時感慨萬千。接著一邊想起祖父、父親母親以及智惠子，同時也思考著發生在日本的巨大變革，此外對於自己過往所作所為也做了深入的檢討，然後在萬里無雲的清晨迎來了新年金燦燦的第一道日出。

開墾

我現在做的事，實在不敢誇口稱之為開墾，說來有點無奈。去年我在小屋周邊整出了一塊巴掌大的地，種了馬鈴薯。今年又將菜地擴大一倍，還是準備拿來種馬鈴薯。我也在外頭洽借了三畝地，種植各種不同的作物。目前的情況就是這樣。我不喜歡勉強自己，只要在體力與時間許可範圍，還是會從事一點農活。如果拚命追求成果，肯定會影響藝術上的創作，也會讓自己疲憊不堪，所以必須畫上一道明確的界限。所謂勞動過度，一方面讓自己有一種成就感，並且就農家而言，勞動本來就和過度消耗體力畫等號，導致會有不做到疲累不堪就算不上是勞動的錯覺，而且認為使用一些必要機具幫忙工作就是在逃避勞動，實在是太荒謬了，只從事適度的勞作以保持體力絕對是我必須謹守的前提。我知道有人一味訂下各種超過自己負荷的計劃，為此而使得身心過勞，到頭來也不知道為誰辛苦為誰忙，甚至意志消沉起來，真是替他難過。我的信念是，做一件事還是從保留一點能力範圍開始比較好。

因此我從去年雪融之後，以半帶好玩的心情展開開墾工作，沒想到即使只是如此，對我這個業餘農夫而言也是夠嗆。我的手掌因為長年握著鑿子從事雕刻而長繭，因此對體力活還滿有自信的，誰知道鑿子的使力點和耙土的馬鍬不太一樣，僅僅幫馬鈴薯地鬆鬆土，右掌就長出三個血泡來。當它破掉表面暫時痊癒後，皮下的深處卻開始化膿，起初只是覺得癢，不久卻發出陣陣刺痛，幾乎一整個禮拜都不得安眠。手腕上腫起一大片，幾乎要蔓延到手肘，看起來十分嚇人，最後只好前往花卷市區，接受花卷醫院院長診治，當晚立刻進行手術，將右掌的膿加以清除。之後因為每天要到醫院換藥、包紮，不得不在位於花卷街上的院長家借住了將近一個月。那時正逢五、六月間，是翻土、播種、施肥等等栽培作物最關鍵的時期，偏偏我都不在，所有開墾、種植的工作完全停擺。等到六月底回到山上一看，豌豆、四季豆、馬鈴薯倒也自生自長，但稗子的幼苗卻完全被雜草侵食一空。這些雜草一旦蔓生，以我尚未復原的右手來拔除根本難上加難，以致我田地上的作物只能在雜草的夾縫中生存，景況簡直是慘淡。

不僅如此，位處北上川以西的這個地區，土壤具有強酸性，是眾所周知的貧瘠地帶。這我本來就知道，正是因為這樣的土地我才興起移居到這裡的想法。北上川以東到處都是沖積層地帶的肥沃土壤，但我聽說那邊的風氣並不好。蔬菜等作物盛產的地方，農家只會將農作物視為商品，這樣的習氣自然使得當地人變得比較機巧。至於我所住的這一帶，土地貧瘠到甚至不能保證自給自足，以致根本沒有人會來購買農產品，因此農人們唯有勤懇老實度日，沒有什麼心機，保留質樸的本性。到了這裡，發現太田村山口部落每個居民都是當今之世少見的善良，與世無爭。但相對的就是這裡有強酸性土壤。我的解決之道是使用（鹼性的）碳酸鈣。這是宮澤賢治10

10 宮澤賢治（Miyazawa Kenji，一八九六至一九三三），出身岩手縣花卷市，詩人、童話作家，也是虔誠佛教徒與社會活動家，自幼體弱多病，熱中礦物採集與星座觀察，就讀盛岡高等農林學校，後擔任農校教師，熱心於農村改良運動，同時積極寫作。一九二六年底在東京曾拜訪高村光太郎，一九三一年擔任過東北碎石公司技師。代表作有《春與修羅》、《銀河鐵道之夜》、《風之又三郎》等。

在世時東北碎石公司開發的石灰類產品，宮澤氏自己也曾四處奔走推廣，到今天它的效用已經獲得廣泛認可，現在東磐井郡的長坂村附近也開設了接續生產的工廠，碳酸鈣（calcium carbonate），或略稱為「碳鈣」，據說銷量很好。我透過宮澤家族，為村子爭取到一車的配給量，讓村落的各家各戶都分到一些。多虧了這些碳酸鈣，總算可以種植菠菜，大豆、紅豆也長得很好。

去年雨量偏少，部落中甚至還有人家的水井都乾涸見底，田地乾旱嚴重，蘿蔔葉剛冒出芽來就枯萎，紅豆收成也很糟，引起大家恐慌，幸好我的田土屬於比較濕性，不管紅豆、茄子、芋頭、番茄都長得很好。紅豆收成超乎預期，茄子和番茄尤其好，在霜期到來之前都還結實累累。

我在新開墾地和原來的菜地都試種了馬鈴薯，結果開墾地那邊長得比較好，味道也可口得多。菜地採收的馬鈴薯吃起來總有點硬芯。今年我再接再厲希望增加產量。因為這裡土壤的底下有黏土層，蘿蔔、胡蘿蔔之類的都伸展不開，要嘛長成兩股，要嘛彎得像曲尺一樣。還有一個勁兒往上長的，簡直大開眼界。南瓜、西瓜也試種了一些，但品質並不怎麼理想。黃瓜倒是長得很好，每天早上將現採的早生型黃瓜蘸味噌或鹽吃，有時則醃米糠味噌作為醬菜。本地的農家都會用鹽巴大量醃漬黃瓜，以備一年之需。今年剛去世的水野葉舟（Mizuno Yoshu）君給我的田口菜、油菜、蕪菁、芥菜種子，每一樣都長得很好。

太田村有一片名叫清水野的廣闊平原，去年開始有四十戶開拓團[11]進駐，現在一間間農舍逐漸完成。我很希望酪農型的開拓團在此出現，我也盡可能鼓勵他們從事畜牧。此外我也衷心期盼乳製品、手織物和草木染的到來。

11第二次世界大戰後，為了食糧增產以及確保復員軍人、歸國移民、受戰災者之就業與生計，由政府輔導的團體開拓事業。

早春的山花

今年的雪比往年融化得早，春天不覺已降臨人間。三月春分前後，過去的話積雪仍深，偶爾還會飄下新雪，猶是一片冬日景色，今年則連屋頂上的雪都消解無蹤，菜地上也露出了一半土壤。小屋前方的水田因為積雪消融而漲滿了水，赤蛙嘹亮好聽的鳴叫聲也開始響徹四野。

積雪自水岸開始融化，而在那邊搶先冒出芽來的總是款冬。據日記所載，去年三月二十六日發現三株芽莖，欣喜異常，今年則是二月十五日已經採收了一棵，到了三月九日還摘了十幾棵來熬煮。款冬本地人叫它「馬揭」（bakkei），看到「馬揭」就等於從十二月以來漫長的冬季終於獲得解放，它那清新的苦味也讓人感到一種強烈的活力。款冬的花蕾稱為蕗薹，圓形花苞包覆著的花蕾看起來非常雅致，從一堆枯草之間冒出一叢翠綠，教人看了心曠神怡。

「馬揭」開始冒芽時，赤楊枝椏上也垂掛了金色穗帶般的花蕊。這些金色穗帶抽長得挺快，清早起來不經意一瞥，記得昨天還光禿禿的枯枝末梢，已經垂掛著兩寸長的穗帶，真是不可思議。

今年在小屋前面積雪縫隙的石頭底下發現黃連開了花。葉子雖然還沒長出來，但我肯定是菊葉黃連沒錯。從地面冒出約七·五公分的淺粉紅色花莖上開了三朵可愛的五瓣白花。雄蕊的話則是呈現黃色，但因為雌雄異株的關係，花粉為了尋求授粉的另一半，只能任憑風力搬運，最終不知將飄向何方。大自然的旨意是無法逆料的。

銀柳的花大概要開了。樹林中那壯觀的白色辛夷花應該也盛放了吧。山中的早春洋溢著一片清冽的氣息。

季節的嚴苛

一個人棲居在植物茂密生長的地方，幾乎會被它們生猛的威力所懾服。岩手的山村，周邊的積雪要到五月上旬才會完全消失。最早出現的是款冬，那時積雪仍未消融。與此同時赤楊的穗狀花也從禿枝上垂落。不久金針花的芽尖也開始冒出頭來。中旬到下旬之間草木會突然暴長。兩三天沒留意眼前的風景就變了一個樣。山櫻花、杜鵑花、楊柳花、紫藤花、山梨花等競相開放。不起眼的各色小花也布滿了喬木的枝椏分叉處。大自然的腳步實在是快。一到六月已經呈現夏日威嚴之姿。特別是一叢叢聚生的青茅，整齊得簡直像被刻意排列過一樣，然後一轉眼就長得比人還高。

七月的土用之日[12]是植物生長的最盛期。彷彿所有植物從初春開始就以夏天的土用為目標，屏氣凝神一口氣竄長上來。山區土用時期綠色植物所散發的旺盛態勢，徹底把人類和動物都比了下去。

這一片綠色世界，到了八月舊曆中元節的時候景象突然一變。那種聲嘶力竭般叫喊的氣勢一下子全都止息了。尤其像南瓜這種作物，土用之前是關鍵，土用一過就不會再長大，只是靜待成熟而已。山野之間整個沉靜了下來。植物依據季節生長的規律之嚴苛令人害怕，不止是爭朝夕，甚至一時片刻都爭。卜居山林之後，我有生以來第一次清楚體會一年三百六十五天每一天的況味。

12 土用（doyo），又作土用丑之日，乃基於五行思想標誌季節之轉換，為不屬於二十四節氣之雜節，指立春、立夏、立秋、立冬之前（約十八天）的丑日；在日本提到土用通常特指立秋之前的「夏之土用」，有吃鰻魚飯的習俗。

陸奧通信 一

從現在開始我將不定期在雜誌《昴》（Subaru）上發表我的陸奧通信，但因為住在山林之中，每日所見沒有什麼特別值得一提的事物，對激烈的社會變動更是罕有接觸機會，最後能寫的，想必也就是身邊極為平常的瑣事吧。

陸奧（Michinoku）指的應該就是奧州白河之關[13]以北的地區，若然，則岩手縣稗貫郡一帶正好位處陸奧的正中央，即北緯三十九度十分到二十分之間。著名的緯度觀測所所在的水澤（Mizusawa）町就在它南邊三十多公里的地方，從這裡所觀測到的天體與東京所見有明顯區別。最醒目的就是星座的高度，北斗七星等星宿感覺就像覆蓋在你頭頂上似的。由於山區空氣特別清澈的關係，夜晚星空之壯麗絢爛讓觀者為之目眩神迷，尤其那些一等星，簡直大得令人感到害怕。以星座而言，比方冬季的獵戶座或夏夜的天蠍座，彷彿是從天宇直接垂吊下來在你眼前熊熊燃燒的物體一樣。

至於木星之類的行星，當它們從地平線上初初升起時，看起來跟在東京所見像是完全不一樣的東西，每一次看到都會心頭一凜，根本是縮小版的月亮。當那些星光映照在屋前稻田的水面上，感覺四周都變得亮晃晃的，甚至有星光直射胸口的錯覺。以前的人稱曉星──金星為虛空藏菩薩[14]，我想那種畏敬之念肯定是自然湧現的。有時半夜起來上廁所，總是忍不住駐足凝視星空，渾然忘卻了寒冷。僅僅只是為了能夠目睹如此非比尋常之美，就值得我在這山間小屋長住下去。對於可以盡情欣賞這無與倫比的美，我唯有衷心的感激。即使我只能再活十年或二十年，但只要活著，我希望能夠一直沐浴於大自然的法喜之中。宮澤賢治常寫以星星為題材的詩，發揮與星星相關的聯想，甚至還創作了《銀河鐵道之夜》那樣奇幻的小說，我認為他絕

13 白河之關（Shirakawanoseki）是日本都城通往古陸奧國的東山道要衝上所設關隘，位於今福島縣白河市。

14 虛空藏菩薩（Ākāśagarbha）為大乘佛教八大菩薩之一，包藏一切智慧、功德如虛空，光照萬宇，故名。

對不是憑空想像，而是從實際體驗而來理所當然的結果。

我現在是一邊咳血一邊寫下這些文字。判斷應該不是肺結核（或許也不無可能），而是支氣管哪邊的微血管破裂導致。原因不是農務過勞，而是每當工作有時間壓力又勉強去做，就會引發咳血，過去七、八年來一向如此。看起來像淤血的顏色，不是當場咳出來，而是隔了約一天左右才會發作。這次是從兩三天前開始，為了要在檢印紙[15]上蓋章、寫這篇稿子、做封面設計，以及其他三、四樣人家委託的急件，整天趴在桌上趕工所導致。話說我倒是帶著「管它的，做了再說」的覺悟。

陸奧通信 二

身體情況明顯好轉，所以按照約定，一月十三日那天頂著秒速二十公尺的暴風雪下山前往盛岡市區，列席縣立美術工藝學校主辦的縣內中小學教員美術講習會。暴風雪行路難，幸好當天學校派了兩位老師到山上來接我，還替我扛行李，真是幫了大忙。

縣立美術工藝學校是透過現在同時也出任縣議員的知名畫家橋本八百二（Hashimoto Yaoji）等人熱心倡議斡旋，於前年終於正式成立的學校，校長由美術史家森口多里（Moriguchi Tari）氏出任，教職員多是本地出身的傑出美術家，逐漸發展為一座頗受矚目的藝術學府，同時也被定位為技藝修煉的場所。我一向主張文化必須普

15 檢印紙是過去在書籍版權頁上所貼作者蓋章的郵票大小紙片，作為出版社與作者計算印量、版稅之依據。

及所有地區，為了促進岩手縣地方文化的發展，只要能幫得上忙我都義不容辭，所以一接獲邀請即答應參加這次講習會。

因為難得下山，趁這次機會我一共待了五天，期間發表了七場演講，最後一天還參加了一場非常有趣的「啃豬頭之會」活動。

我一直呼籲那些標榜簡素飲食的地方，一定要多攝取高營養價值的食物。我相信未來人類可以從合成食品獲得足夠的營養，但在那一天到來之前，人類還是需要透過捕殺鳥獸魚介來養活自己。

雖然殘忍，但也是不得已而為之。日本在文化方面要有所進展，我認為必須從生理的改革開始，尤其要比過去攝取更多的肉類與乳製品以促進身體的健康，但也有人說吃那麼多肉類是一種浪費。談到肉食，似乎一般人首先想到的就是瘦肉或裡脊肉，但就我個人經驗看來，肉類中最富營養也最為美味的部分，其實是人們通常不屑一顧的內臟部位。牛尾當然不必說了，肝臟、腎臟、心臟、腦以及其他內臟也都很珍貴。因為價格不到肉片的一半（花卷地方肝臟市價七十元可以買將近四公斤），所以我不但自己專吃內臟，也推薦給別人。盛岡的有心人知道我這個嗜好，於是才安排一個晚上舉辦了「啃豬頭之會」活動；在這裡插個話：當晚與其說豬頭，不如說是一場北京菜的盛宴。因為有一位在北京待過二十多年的中華料理達人濱田先生大顯身手，盛岡文化界人士三十多人一起度過了一個愉快而難忘的夜晚。

盛岡最讓我印象深刻的，是從公園展望台第一次遠眺岩手山。關於岩手山，我準備另闢一章來談它。

在上一篇通信中提到我咳血的老毛病，照例也是兩三天就好了。之後一直沒有再發，身體也健康得很。

陸奧通信 三

從今年四月十九日到三十日為止，在盛岡市的川德畫廊舉辦了智惠子剪紙畫的遺作展。由岩手縣幾個美術團體和新岩手日報社聯合主辦，同時舉行的還有岩手獨立美展，策展人為畫家深澤省三（Fukagawa Shozo）與雕刻家堀江糾（Horie Tadasu）兩位先生。剪紙畫是兩位策展人從借放在花卷醫院院長佐藤隆房家的三百多幅作品中挑選了三十多幅，裱框之後在以淡色畫布為背景的牆上排成一列展出。我在四月二十九日前往盛岡，三十日去看了畫展。

觀賞久違了的智惠子作品，內心還是非常激動。像這樣一次看著並列的許多剪紙畫，跟放在膝上一幅一幅地看，感覺很不一樣。那種整體所帶來的美感體驗讓我看得目不轉睛。同一個人的作品三十多幅擺在一起，就會產生一種獨特的氣氛。當你身處這樣的氛圍中，猶如穿行於森林中被難以言喻的美所環繞。

綜觀智惠子所有作品，我覺得她的構圖極為出色，在藝術性的表現上充滿明亮健康之感。對於細節的知性思考遍及每一個角落，並且洋溢著一種純真愉悅的全新感性。此外，由纖細內在所呈現的抒情，溫暖與笑意，和構圖裁切上必然採取的嚴謹果決，協調融合成了別致的風格。

展出的這些剪紙畫都是取材於日常生活所見，固然可以歸類為寫實主義，風格上卻又超出了抽象畫派的範疇，並沒有停留在素樸寫實主義的幼稚與生澀。在處理色調與層次的均衡上，有一種微妙的知性美貫穿其間，沒有任何隨機、即興的成分，但又顯得自由、天然、潤澤、豐饒，甚至偶有諧謔的趣味。題材有紫菜卷、盤上的生魚片、鶯餅、烏賊的蛸板或角質顎、各種花朵、溫室葡萄、小鳥或黃瓜，連藥包都可以拿來入畫，無不生動、絲絲入扣。所有這些作品都是將色紙加以精心剪裁，然後貼到紙襯上完成的。智惠子以指甲小剪刀微彎的前端裁剪出各種形象的造型，最後黏貼結合成一幅畫作。繪畫上的色調，她憑著不同色紙的搭配取得同樣效果。一張鼠色包裝紙可以變成高貴的銀灰色。她使用剪刀裁紙的技巧，以及將裁好的色紙黏貼在紙襯上的工夫，並非一般人就可以做到，需要非常專業的技法。智惠子原本專攻油畫，但對於調色盤、畫筆、畫刀的掌握一直不得要領，強烈的絕望感讓她企圖吞安眠藥自殺過一次。在精神病院病房的一角，從油畫畫具獲得解放後，那種創作的興奮，完全體現在這些剪紙畫上頭。它們都是距今十多年前完成的上千幅作品的一部分。

附帶說一句，岩手大學精神病科的三浦信之博士曾經告訴我，所有剪紙畫裡，可以判定為精神異常者作品的只有三幅。

陸奧通信 四

今年冬天我飽受肋間神經痛的折磨，像現在只要一拿起筆來疼痛就會加劇。搬來這邊五年了，長期從事繁重的田間勞作，這是以往從未有過的經驗，加上今年冬天異常嚴寒，以及終戰後三、四年間因為物資缺乏導致營養不良——回想那種粗糙的飲食生活，真不知道自己是如何熬過來的，這些都如實反應在當下的身體狀況上。肯定有某些內分泌方面的不足，是一種老年病，可以理解為大自然對年齡發出的生理警訊。今年要特別注意田裡的工作不要過勞，小屋則稍作整修好應付惡劣自然環境的威脅，飲食生活方面也盡可能做合理的安排。由於症狀逐漸減輕，我打算讓身體自然療癒，沒想到後遺症的關係，每當季節交替即捲土重來，實在不勝其擾，《心》雜誌的木村先生推薦我購買了一種據說很不錯的注射藥劑，希望這下能夠斷根。村子裡既沒有醫生也沒有保健護士，結果只能自己幫自己打針。

病痛的遠因一如上述，至於近因，可能是去年底趕著在檢印紙上蓋章造成的傷害。我衷心期望把所謂檢印紙這東西一張張貼到出版物上的習慣能夠早日成為歷史。也許貼了檢印紙的書籍在我有生之年會成為高價的古董也說不定，不過我深感懷疑。

除了遠因、近因，這個病痛還有一個深層的原因──潛伏於精神底層的痛苦。每個生於當代東方國度的人肯定都無法幸免於心靈深處的悲傷，並隨著各自不同的生理特性而發展為身體上的毛病。像我每次呼吸都會引起疼痛的肋間神經痛，就是相應於讓我一說話就疼的心靈深處的傷痛。只要深層的因素沒有根絕，即使治好一個毛病，早晚還是會冒出其他症狀來。這一點我是認了。

今天雖然已經是三月二十八了，但山上還是一直下著大雪。先前回暖過一陣，然後又冷了回去。水田的赤蛙今年準時在三月中旬開始喧嘩，今天卻寂靜無聲。大雪之中只有啄木鳥照舊忙碌。融化的雪水像決堤一樣湧到路上，讓穿短靴的訪客進退兩難。看這樣子，今年大概要到四月中旬才會跟積雪道別。等雪都消融後，就該開始種甜豌豆了，但是那時疼痛能否好轉，讓我可以拿起鏟子工作還是個問題。只有蔥會從積雪中冒出翠綠的葉子。韭菜跟大蒜差不多要發芽了。韭菜炒蛋是我的最愛，都有點等不及了。今年雪量之大，把水井上頭的小屋頂壓垮下來，我只好縮著頭汲水洗臉。

夏日飲食

不耐暑熱的我，對今年夏天的酷熱只能舉白旗投降。據說這是東北地方三十多年來最熱的一個夏天，也因此稻作和其他農產品都迎來豐收，至於我呢，比大太陽底下動物園裡的北極熊還要無精打采。去年夏天因為頂著太陽在菜園整地、除草，最後中暑發燒到四十度，臥床不起四、五天，承蒙村子的鄰居照料我三餐和其他瑣事，給他們添了麻煩，看到今年夏天這種熱法，我自知承受不來，決定放棄所有農活，七月的土用之日過後，草也不除了，肥也不施了，讓田裡面的作物自生自滅。這樣一來健康方面總算差強人意，但田地則變成了慘淡荒廢的原始狀態，番茄多半枯死，黃瓜則大得像怪物一樣垂掛在那裡，四季豆下邊的葉子變成了紅色，蔥被雜草所掩蓋，只有高麗菜還像個樣子。雖說維持了健康，其實也就是不用臥床而已，整個人瘦了一圈，刮鬍子的時候看到鏡中的自己兩頰深陷，脖子上青筋暴露，簡直不忍卒睹。

到了夏天總是食欲不振，一天吃不到二合白米。因為每天的配給量[16]是二合三勺[17]，吃不完會長出蟲子徒增困擾，所以都會把剩下的分給村裡的小孩。我對麵類的胃口較佳，遇到麵類配給時都可以吃光光。不過配給冷素麵之類主食的場合，很難同時取得營養價值較高的副食品，長此以往會產生偏食的問題。夏日一天頂多吃兩餐，晚餐時我會煮一合五勺，吃剩的留到隔天早上當作冷飯吃。配菜方面，湯品喝了會流汗，所以一概不做，以豬油炸馬鈴薯、茄子或洋蔥最是百吃不厭，還有番茄或味噌醃黃瓜、拌黃瓜等，再加上摘點當令的美味野菜。東京的友人們不時會給我帶來江戶風味的食物或美國的舶來品，這種時候吃飯真是一大樂事。山本或山形屋的海

16 日本在戰爭期間開始實施配給制度，以調控重要的民生物資如米、麵粉、食油、鹽、砂糖、酒、紙張等，必須有兌換券才能購買；戰後配給制逐步解除，到一九五五年才完全廢止。

17 「合」、「勺」均為日本尺貫法中的體積單位，一合為一升的十分之一，一勺為一合的十分之一，液體、固體有別，酒、水一合為一八〇西西，約一八〇公克，白米一合約一五〇公克。

苔、鮒佐或玉木屋的佃煮[18]，還有軍方釋出的罐頭等等。在如此荒僻的山中吃到這些難得之物，有時不免也感到於心不安。飯後清洗餐具時，會把所有碗盤都煮過一遍，只要經筷子動過的食物，如果沒吃完就全部丟棄。

我愛喝茶，每天早上在地爐起火燒熱水，水滾了首先就是泡茶。如果手邊有朋友贈送的抹茶，則是以茶刷攪拌滾水與抹茶粉。東北地方有一種便宜的八戶煎餅，配著茶吃最是合宜。我想如果茶人利休[19]能吃到這種餅，肯定也是非常歡喜。在靜謐而涼爽的清晨喝茶實在是一大享受。有時我會收到宇治的抹茶，或是川根的煎茶。

早餐吃的冷飯一般配黃瓜、番茄或蔭瓜等，有時會做炸蔬菜。準備餐點時只要手邊有的蔬菜瓜果都能用上。很多香辛料都是東京的朋友提供的，但我自己也會種一些，如紅紫蘇、青紫蘇、辣椒、大蒜、韭菜、茗荷（日本生薑）、香芹、花椒等。另外木天蓼的果實還綠的時候可以拿來做辣味調料。生薑在東北地方種不太起來。我不吃中餐，會吃蘋果或其他水果充飢。最近吃到花卷最好的果農阿部博氏送我的青蘋果「祝」和早生的紅蘋果「旭」。由於遠距運送過程容易損傷，所以東京不太容易吃得到熟透的這兩種蘋果。因為多汁又帶著酸味，夏天吃起來特別爽口。渴的時候可以吃番茄，偶爾也可以從開拓團的熟人那邊分到西瓜。井水極為清涼澄澈，但我只拿來漱口，並不飲用，因為一喝反而大汗淋漓。出汗過多不僅容易疲勞，要洗的衣物也會增多。夏天用冷水洗衣服很涼快，但洗太多挺花時間的。朋友送我老牌的「天鵝」肥皂，它散發的味道不禁令人想起戰前的時光。

晚餐盡量使用富含油脂的食材，同時也攝取蛋白質。禽蛋在山區取得不易，牛奶或山羊奶現階段也沒得買，這裡入夜後氣溫會下降若干，通常只隨便穿件圓領衫，所以吃飯時會生火取暖。開拓團那邊開了家豆腐店，每三天送一次豆腐過來，所以會做各種用食油煎、炒、炸的豆腐料理。夏天我很少進去村子，因此沒有生鮮的肉和魚，只能吃鯡魚乾、其他海味乾貨、海膽或罐頭等等來補充動物蛋白。夏天也沒

18 將小魚、昆布、野菜、香菇等用醬油、砂糖、薑加料理酒熬煮的小菜。

19 千利休（Sennorikyu，一五二二至一五九一），安土桃山時代茶人，相對於書院間流行的豪華茶道，千利休完成以簡素精神為重的草庵之茶——侘茶（Wabicha）美學，影響了同時代的權力者，其傳入至今不絕，有「茶聖」之稱號。

有能吃的山菜，雖然有很多蝮蛇，可我一點也不想吃它。聽說村人會抓了到鎮上去賣，一條兩百元左右，不知真假。如果說一條值兩百元，我小屋附近隨時都有好幾千圓。吃過晚飯、收拾好餐具，時間已經過了十點半。之後一直到睡覺為止，我都在從事雕刻。

夏季的白天來訪者很多，工作進度總是受到影響。暑假期間會有學生或老師們結伴前來，其中有些傢伙存心來這邊野餐，在草地上煮起了東西。偶爾也有許久不見的友人自東京來訪，此外花卷、盛岡或其他城鎮也有各式人等為不同事由上山來。可以說幾乎每天都有訪客，唯一的例外是下大雨的日子。最近有人從花卷騎著單車載了五瓶啤酒和冰塊上來，碰巧東京的友人到訪，難得一起暢飲冰啤酒，度過愉快的一天。

我在夏天身體變得異常虛弱並不是生病，而是特異體質的緣故，到了秋天馬上好轉。就好像暈船的人一踏上陸地又可以生龍活虎一樣，所以再怎麼不舒服我都很淡定。很快到了九月底，栗子的落果開始敲打小屋的屋頂，標誌著涼爽季節的降臨，我的健康狀態也就明顯改善，食慾也旺盛起來，入冬以後，一口氣可以吃掉一斤豬肉。我會留意均衡的飲食和正確的調理方法，雖然是自炊，盡可能做出比起餐廳營養價值更高、口味也不遜色的料理。最起碼也是健康的食物。我也會吃些維他命作為補充，不過那些沒有載明製造年月的產品，效果實在堪疑。

所有精神的活動都奠基於生理，我的頭腦在冬天比夏天靈光也是理所當然。現在我就像泡在熱騰騰的浴缸裡面一樣，唯有忍耐再忍耐，一心期待山上秋風送爽那天的到來。

山之雪

我超喜歡雪，一看到外面下雪就會飛奔出去，白雪從頭頂覆蓋下來的感覺是那麼好玩，總是教我興奮不已。

我現在卜居日本北部岩手縣山中，這裡十一月左右就開始飄雪，到了十二月底，每天看到的就是一片白茫茫的景色。我小屋周邊積雪頂多一公尺深，但再往北邊過去，積雪可以跟屋頂同高，地面低窪處則是積雪及胸。

我的小屋靠近山邊，離村落最近的鄰居也有四百公尺，附近看不到半間屋舍，主要是森林和荒原，偶有一兩塊田地，雪季到來之後，不管往哪邊看去都是亮晃晃的白雪，人煙絕跡。可想而知也不會聽到人聲、腳步聲。待在屋子裡面，由於下雪不像下雨會滴滴答答，外面的世界徹底靜寂，覺得自己就像耳聾一樣，唯有地爐燒的柴薪偶爾發出畢剝聲，以及鐵壺裡微弱的熱水沸騰聲。這樣的日子可以持續三個月。

積雪盈尺行路難，所以不會有人過來拜訪我。從早到晚就是一個人坐在地爐附近，或是邊烤火邊吃飯，或是看書、工作，但一個人這樣子待久了，就很想找個人說話。也不是非要人不可，只要是活著的東西，哪怕飛禽走獸都好。

這種時候帶給我最大慰藉的是山裡的啄木鳥。啄木鳥在夏天絕跡，入秋後一直到冬天期間才會棲息於此，還不時過來我的小屋啄東啄西。它們啄小屋外頭的柱子、木樁或柴堆，大概是要找蟲子吃，發出「咯、咯、咯」又響又急促的聲音。聽起來有點像訪客在敲門，教人忍不住要去應門。當它啄不同地方，有時會發出「咄、咄、咄」的聲音，隔些時候傳來很大的振翅聲，又換到另外一根柱子。正想問它有沒有蟲子，它卻輕輕「啾」的叫一聲飛走了。注意觀察一下在小屋前方啄板栗樹幹的啄木鳥，常見的有頭部呈淡紅色的綠啄木鳥，以及黑羽上帶有白斑、腹部呈紅色的大斑啄木鳥兩種。啄木鳥之外，還有一種不知名小鳥，愛在一大清早或天色漸暗的時候，飛來屋簷下將吊掛在那邊的各種綠色植物果實或草籽銜走。早上我還沒起床，禽鳥在紙拉門外面忙著飛來飛去，撲翅聲近得彷彿就在我的枕邊，不由得令人心生愛憐。被小鳥吵醒後，我揉著雙眼離開了被窩。秋天常見的綠雉或銅長尾雉，待下雪後就很少出現。飛降遠處池沼的雁鴨，則只聽得到它們此起彼落的叫聲。

說到生物，夜裡倒是會有老鼠出現。不知道是地鼠還是二十日鼠[20]，總之體型比一般家鼠小，不怕人，從雪地上大老遠跑過來。它們在我身旁鑽來鑽去，找掉在榻榻米上的東西吃。我把麵包用紙包著放在一邊，它們就連紙都想一起拖走。我敲敲榻榻米，它們會嚇得跳起來，然後繼續要弄走麵包。想到它們對人這麼沒警戒心，我也不忍拿老鼠藥毒殺它們。這些老鼠白天都不見蹤影，只有晚上才會來。

山裡的動物大都在夜間活動。天亮後放眼一看，雪地上到處留下它們的足跡。最常見的是野兔的腳印，任何人都辨識得出來。住過鄉下的人大概都知道，野兔的腳印和其他動物不一樣，形狀非常有趣。它接近羅馬字母的T，前面是兩個橫著並列的大腳印，後面接著兩個縱排的小腳印。後面兩個縱排的小腳印是野兔前腳留下的，前面橫排的兩個大腳印則是野兔後腳的傑作。野兔的後腳大於前腳，當它跑動時，以前腳為支點，強壯的後腳用力一蹬，然後在比前腳更前方處著地。這些有趣的腳印在雪地上形成一條條曲線，通往每一個方向。到處都可以看到由動物腳印連結起來的曲線，甚至來到小屋外頭的水井邊，大概是想吃放在水井邊上的蔬果吧。

狐狸會前來捕捉這些野兔。狐狸棲居於小屋後方的山中，天黑後就會在小屋周邊出沒。狐狸的腳印和狗不一樣。狗的腳印總是排成兩列延伸，狐狸則只有一列，而且會將積雪向後踢開。它們就像穿著高跟鞋優雅走路的女子，總是走在一直線上。想到狐狸有四隻腳，這麼走應該很難吧，卻一點都難不倒它們。只能說它們也挺能跟上流行的腳步。當它們沐浴在夕陽中走動時，身上的毛閃著金光，長長的尾巴隨風搖曳，還有雪白的腹部，實在漂亮。我曾經目擊過狐狸嘴裡叼著一隻鳥還是什麼，走在小屋前面的菜地上，因為每當狐狸有動靜，烏鴉看到一定發出騷動的叫聲，所以我立刻就知道。狐狸的嘴巴非常有力，今年秋天，有一家人養的羊剛死，夜裡就

20 二十日鼠即日本固有種小家鼠德氏麝鼩（學名 Crocidura dsinezumi）。

被狐狸給叼走了。這是他們親口告訴我的。

除了野兔和狐狸，鼬鼠、老鼠和貓的腳印也是各各不同。鼠類的足跡就像郵票邊緣的齒孔一樣，細細小小而且非常整齊，一條線一直延伸到小屋外緣的地板下。老鼠腳印成兩列，也會將積雪往後踢開。鼬鼠的腳印也是兩列。

最有意思的是人類的腳印，不管穿的是膠鞋、分趾鞋[21]或是草鞋，由於每個人走路的姿勢不一樣，只要看足跡，大概就猜得出是誰踩出來的。跨大步走的人，步幅小的人，走得左搖右晃的人，姿勢端正的人，習慣前傾或後仰的人，看得清清楚楚。我的靴子長度約三十公分，村子裡沒有人尺碼跟我一樣大，所以也很好認。膠鞋底後方的紋路也可以拿來辨識。雖然說每個人走路的姿勢有別，但走在積雪的路上，一般說來兩腳盡量併攏且小步走比較不會累。兩腳向兩側打太開走路最不能持久。腳內踝彎曲走路也很容易累。這也顯示這個人身體側彎，或內臟的哪個地方出了問題。有一次我看到超大腳印，以為是熊出沒而深感不安，結果是有人在靴子底下又加了套鞋，這是避免走路陷入雪中太深而製作的道具。一種叫「爪籠」的大型草鞋也有同樣的功能。如果積雪又深又軟，腳一站上去就深陷其中，有人建議我不要站著走路，而是採取有如在雪上游泳一樣的姿勢，這我可不行。我根本搞不懂要怎麼在雪地上游泳。

我喜歡漫步雪中，邊走邊看著隨光線變化的雪，真的很美。兩腳在積雪中越陷越深，舉步維艱，累了就坐在雪堆中休息。看著眼前無邊無際的雪，有時會看到白雪發出五色乃至七色的光。當日光從背後照射過來時，無數的雪花結晶折射光線，閃耀著彩虹的小小七色光譜。平整覆蓋整片原野的雪，也跟沙漠一樣會形成細沙的波紋，看起來就像真的波浪，但因為向光與背光的差別，而呈現不同的顏色。暗處會偏藍色，亮面則發出橙色光，過去老以為雪是純白色，如今看到的卻是七彩斑斕，令人吃驚。

最美的是夜裡的雪。即使是漆黑的夜晚，雪還是有些亮度，朦朧中似乎有許多

21 腳拇指和其他四指分開的布襪，日文稱為足袋（tabi），若材質為帆布與膠底的工作鞋，則稱為地下足袋，即分趾鞋。

東西若隱若現。整面的白色霧靄所形成的風景，與白天截然不同。當凝神觀看廣袤的雪原，彷彿可以看到無限深遠的所在，簡直像童話世界一樣。美儘管很美，夜晚的雪徑卻充滿危險。眼下是明亮的，但往哪邊看都一模一樣，教人不辨方向。我就曾經在小屋附近的雪地裡迷過路。明明是每天都走的路，卻突然覺得有些不對勁，最後不知不覺走到一個奇怪的地方。等意識到走錯路了，趕忙回頭找回家的路，真是狼狽得很。

天氣平靜的日子尚且如此，暴風雪的夜晚就更不敢出門了。即使在白天，強風吹襲下捲起千堆雪，四、五公尺開外就什麼都看不見了。很像船隻被濃霧所包圍而無法前進那樣，加上暴風直往臉上灌，連呼吸都有點困難。就算只走個兩三百公尺距離也危險重重。暴風雪的夜晚我躲在小屋裡面，點燃地爐的火，傾聽外頭的風聲。風聲就像海上的巨浪一樣，掃過小屋的屋頂，衝向前方的原野。我可以聽到風聲從後方山區遠遠一路吹來，當它接近時的暴烈實在嚇人。還好我的小屋後面杵著一座小丘，不會遭到暴風正面衝擊。如果沒有這座小山丘，冬天強烈的西風夾帶暴雪，肯定會把小屋颳得支離破碎。

雪在屋頂上堆積得太厚就會變得很重，如果放手不管，等春天即將到來開始下雨時，雪加上水重上加重，小屋很可能被壓垮。所以要到屋頂鏟一兩次雪。基本上聖誕節過後先鏟一次。爬上屋頂用平鏟除雪，結果窗外就會形成小山一樣的雪堆。每逢新年，我習慣插上國旗，在方形紙的正中，以紅色廣告顏料畫上一個圓，再拿漿糊黏貼在桿子上端，然後將桿子插在窗前的雪堆上。純白雪堆上的紅色太陽，看起來很漂亮，充滿朝氣。如果好天氣配上藍天，那更加好看。

十二月十五日

今天獲邀到村長家吃了一頓蕎麥麵大餐。據說是村子裡婦女會的例行活動，五、六名婦女中午左右會合，將各自帶來的食材加以料理，在村長家廚房一烹煮好即不停地端上桌，就好像吃「椀子蕎麥麵」[22]感覺。大概是村長田裡剛收成的蕎麥做的，香氣撲鼻，也煮得很入味，非常好吃。這在東京是絕對吃不到的。新鮮蔥花氣味濃烈，一般店裡面擺放的根本不能比。所有食材現摘現煮，這是對身體最好的。如今旅居巴黎的高田博厚[23]君很喜歡吃蕎麥麵，我們常常一塊兒做來吃，他主張蕎麥麵和葡萄都是要用喉嚨來吃，嚼都不嚼嘩啦啦直接下肚。今天吃的這種道地蕎麥麵長度較短，沒辦法像在東京那樣豪氣地吸食，但一碗剛吃完立刻又端上一碗，到最後吃得超飽超滿足。此外豬肉料理也吃得盤底朝天，所以營養更是滿點。縣政府的土木部長、河川課長也都來了，因為得趕回盛岡，早早就告辭離去。

婦女們也圍著餐桌大吃特吃，而餐後的閒聊更是熱絡，我也說了不少話。肯定會聊到的話題是日本的繁榮必須從國民的健康著手，以及食物的重要性，牛奶和乳製品，肝、腦、牛尾的料理，還有烹煮方式、小孩的健康、睡眠時間、學校營養午餐等一系列與食物有關的話題。此外我也向婦女們請教村落家庭生活的現況，而她們也問我一些關於美與倫理的問題；我還對所謂好人、壞人這種通俗善惡觀的淺薄闡述了我個人的見解，包括強調偽善的人是如何的無可救藥等等，說得口沫橫飛、漸入佳境時，已來到天色轉暗的傍晚五點。大家互相約定未來擇期再聚，談論有關文學或藝術的話題，而結束了這一天的活動。前來聚會的婦女們都頗有見解、健康

22 椀子蕎麥麵（一口麵）是岩手縣花卷、盛岡等地流行的一種特色蕎麥麵吃法：將一口分量的麵料理好後放入一個個小碗中，客人吃完一碗，服務人員立刻奉上下一碗，接連不斷，直到客人飽腹將碗蓋上為止，通常旁邊已經堆了數十上百個空碗。

23 高田博厚（Takata Hiroatsu，一九〇〇至一九八七），日本雕刻家、思想家、翻譯家，年輕時因高村光太郎的建議而從事雕刻與翻譯，後前往法國，與羅曼．羅蘭（Romain Rolland）、阿蘭（Alain，原名Émile-Auguste Chartier）、尚．考克多（Jean Cocteau）等藝文、思想界人士交往，自戰前以迄戰後成為日、法文化交流旗手。

開朗、談吐大方、溫和有禮，大家相處非常愉快。其中有一位村裡診療所的所長夫人，她不但教授同村少女們池坊流[24]插花，也精通音樂，鋼琴彈得非常好。像太田村這種所謂文化落後地區反而讓人覺得前景看好，因為沒有沾染世上一些輕薄虛假的風氣，反而保留了一個人本性中的質樸，所以他們未來的發展令人樂觀期待。我相信只有在這樣的土地上才能孕育出厚實、道地而非虛偽的文化。

這個山村的居民基本上都很直率，不會表裡不一，完全不懂得說一套做一套，非常純真可愛，不管何時何地遇到，都是你原來所認識的這個人，是那種心情直接寫在臉上，身後則與深邃幽遠的大自然緊密連結的生活者。貪慾也好、無慾也罷，都毫無掩飾，更沒有什麼心機。世間到處都會上演的悲喜劇，當然這裡也沒有例外，但一點也不會顯得卑劣，而是天真無邪。我有生以來第一次知道有這樣一個地方，住了這麼多踏實而低調的人。他們和關東地方的人差別極大。我因為種種機緣而得以棲居在人們口中的偏鄉，實在是莫大的幸福。現在回想起來，我住在東京駒込（Komagome）畫室時，心裡總有一個想望，但願有一天能夠到一片美好的土地住上一陣，萬萬沒想到真的實現了。當時之所以會標榜「五十度文明」[25]而夢想遷居北海道北部大約也是同樣念頭。不得不承認，人最終還是會無意識地朝著渴望的方向走去。雖然前進的步伐似乎極為緩慢，但從結果看來，卻又意外地迅速。

與大夥告辭走出村長宅時天色已經全黑，但因為他們幫我準備了手電筒，所以沒什麼好擔心的。今天晴偶多雲，西風很強又冷，第一次拿出來穿的冬外套幫了大忙。這件外套是去年在土澤（Tsuchizawa）的及川全三先生那邊買的手織毛料，今春在盛岡由深澤紅子女士的父親幫我縫製的，下襬夠長，穿起來舒適又保暖。深澤老先生的裁縫工夫遠近馳名，果真不是虛傳，他縫製的衣服一針一線都不馬虎，針腳細密而牢靠，穿在身上充滿幸福之感。以全心全意認真做出來的東西，一定是豐美

24 「池坊（Ikenobo）流」為日本花道（插花藝術）主要流派；花道據說起源於寺院插花供佛之講究。

25 「五十度」說法或指近代產業革命後，先進國的緯度都落在溫帶地方，如英國（約北緯五〇至六〇度）、法國（四三至五〇度）、德國（四七至五五度）、義大利（三七至四七度）、美國北部（三八至四九度）等等，而認定溫帶民情有勤勉、追求美善的傾向，這是一種帶臆測性的文化觀察，不是科學性的定論：北海道主要地區介於北緯四十二到四十五度之間。

飽滿而非荐劣貧寒。頭上包覆著防空頭巾，腳上套著長筒膠鞋，走了四百來米的惡路——與其說是惡路，不如說是唰啦唰啦地蹚過水路，才回到小屋。馬上起火燒熱水，沏了一壺川根產的茶，然後寫這篇文章。點煤油燈的時代我總是早睡早起，自從去年通了電進入電燈時代，有時我會寫到半夜兩三點。每天的睡眠是七個小時，這是健康法則的首要。早上大概又要結霜了。

山裡的人們

我在這個山村已經住滿五年又兩個月，漸漸認得了村子裡的每一張臉，熟人也變多，所以彼此間的往來自然頻繁了起來。

我非常享受這個山村的生活，對這裡的自然也好村人也好，都產生一種難以言喻的親密之情。剛住進來的時候，多少總覺得自己和這裡的一切都格格不入，當我身處他們之間，難免覺得自己是個會造成困擾的闖入者。那時戰爭剛結束不久，在大家眼中我就是一個疏開者，自己也隱隱有這種感覺。所謂疏開者，就是受到戰火波及的城裡人，暫時到鄉下找個地方棲身，讓生活可以安頓下來，一旦城裡的秩序恢復了，就會回到原來的地方。因此當我決定移居這個山村時，村人們為我搭建的住所，就是以使用期限頂多兩三年來設計，就像給登山者過夜的小屋一樣窄仄而簡單的房子。起先的想法，小屋四壁只用茅草束圍著，屋頂也是鋪上茅草束就好，但這樣也未免太簡陋了，正好後山礦場有一棟廢棄的工寮，可以整個給搬過來，於是村民們全數出動，把柱子、屋梁等一根根扛在肩上，從四公里外一路搬運到這裡來。將這些材料重新組裝恢復原貌後，接著粉刷毛胚牆，並將屋頂覆上杉樹皮，屋外再掘一口井，總算造了一間堪能住人的獨立小屋。村人們就是這樣同心協力，積極為一個素不相識的疏開者提供無償的協助。他們還說，你一個孤家寡人，我們一定不會讓你餓死的，你就放心住下吧。

那可是戰後糧食匱乏，就算有配給米也難以取得的時代，我正束手無策，幸虧這邊分校一位老師排除萬難，叫我搬過來，並負責安置我，讓我得以順順當當地住下。他幫我準備了三張榻榻米，借給我一床棉被，提供我食物，並將我引介給村裡的鄰居，舉凡生活上所需要的一切都給予無微不至的協助。託他的福，才得以安然度過山居第一個遍地冰雪的漫漫寒冬。當我一個人坐在三坪左右的小屋正中央，點燃爐火，看著窗外積雪盈尺的景色，不禁想起當年日蓮上人[26]流放佐渡島（Sadogashima），在塚原一座庵室中被彌天冰雪包圍的景象。

這時村民們知道我仍獨居於小屋，擔心我的安危，常常踩著及膝深雪過來探望，或是帶給我一斗米，或是拿蘿蔔、馬鈴薯來，還會準備各種醬菜讓小孩拿過來。「這給新鮮的[27]！」口音加上說得又急又快，我一開始根本不知道他們在說什麼。

此時此刻，回想起當時的處境，以及之後兩三年間糧食短缺的日子，我竟然還能維持健康的身體，不得不說這全都是因為生活在如此一群散發著親切與溫暖的善良村民之間的關係。

這座村子叫山口部落，名副其實地位於農田盡頭、即將進入山區的交界處，北面有一座林木繁茂名叫山口山的小山頭，西面是奥羽山脈連綿不斷的山峰，東面與南面則是有北上川流過、名叫清水野和後藤野的廣闊平原，一直延伸到與鄰郡的接

26日蓮上人（Nichiren，一二二二至一二八二）為鎌倉時代僧侶，日蓮宗（法華宗）開宗祖，十六歲得度，曾在比叡山延曆寺鑽研《妙法蓮華經》與天台本覺思想，最後力主專修唱題——一心念誦《妙法蓮華經》經名，否定禪宗與稱名念佛（念誦南無阿彌陀佛佛號）的淨土宗，受當時主流佛教斥為異端，多次被迫害、流放，其中一次是文永八年（一二七一）位於日本海中的佐渡島流放。

27本來是說「這給先生的」，因濃烈的地方口音讓作者聽不太懂。

壤，五年前這裡還是芒草叢生、杜鵑遍地的荒野。部落背著山口山，住著不到四十戶農家，靜靜坐落山腳下。一戶戶看去，每一棟家屋都很寬敞，建築風格也非常近似，面寬超過十間，進深則有六間以上[28]，看起來就是堅固耐用可以經受得住風雪。坐北朝南的房子茅葺屋頂斜度很大，上面覆蓋了厚厚的茅草稈，為了抵擋冬天凜冽的西風，面西的屋頂修成斜坡式，面東部分則修成「人」字形。東邊也會朝北轉個直角增建一小間房屋，這彎出去的房間通常作為馬廄。這就是世人通稱「南部曲家」[29]的建築。

松尾芭蕉寫過「跳蚤與蝨子 還有馬匹的夜尿 枕畔擾清夢」的俳句[30]，恐怕就是在類似這樣的農家過夜時所作。總之馬或牛的待遇和其他家人都一樣，同住在一個屋頂下。不管哪一戶人家，平常的入口都設在馬廄這邊，地面是不鋪木板的「土間」，只有左邊會鋪上木板階梯，通往主要房間，在這裡也會放一個地爐，是家人平日聚集的地方。這個大房間再過去又是土間，砌了爐灶，即是廚房所在；再往西則是房間一間接著一間，以紙拉門相隔，最靠西邊的房間作為客廳。房屋的南側是空地，無論從庭院或屋邊迴廊都可以進入房間，但主人一般會請來客從客廳那邊的迴廊進去。客廳鋪了榻榻米，非常寬敞，首先會看到大型的佛壇和壁龕。這裡沒有地爐，但裝有火鉢。要招待上百名客人的時候，就把紙隔門取下，立刻成為偌大的一個房間，可以舉辦大型宴會。農家常常在雪季期間進行祈福儀式，請藝人來跳秧歌舞，這種活動也都是在這樣的大房間舉行。脫殼等其他農活會在倉房或前庭做，但烘烤或捆包煙葉、編草繩或草蓆的時候，還是要用到大房間的地板。

本來這個山村的居民是以製炭為生，種穀類作物只求自給自足，一直到前些年，

28「間」為日本傳統計算長度的單位，一間約當一八二公分；一間見方為一坪。

29「南部」指江戶時代南部（Nanbu）氏所領地域，相當於陸奧國北部，跨今之青森東半部、岩手北部與中部、秋田東北部三縣一部分。「南部曲家（Nanbu-magariya）」是當地農宅形制，將長方形直屋（居住空間）和L形廄屋（家畜飼養空間）合而為一。

30松尾芭蕉（Matsuo Basho,一六四四至一六九四），江戶時代前期的俳諧師，其俳句輒達藝術性之極致，後世譽為「俳聖」。元祿二年（一六八九）芭蕉為巡禮僧侶兼歌人西行（Saigyo）足跡，與弟子曾良展開為期五個月、全程兩千四百公里的北陸、奧州之旅，並留下傳世的《奥之細道》。作者所引俳句，是芭蕉過尿前（Shitomae）之關前往出羽國（秋田、山形）途中所作。

他們的主食還是稗子和小米，但最近開始努力經營水稻耕作，主食好像已經變成稗子和大米各半。新曆十二月下旬舉行「前庭灑淨」[31]儀式後，這一年的農務即告一段落，接著開始上山工作，整個冬天燒製了大量木炭。製炭的山頭每年輪換，大家分配好工作後，就開始起造炭窯。常見的炭窯規模一次可以燒製二十五到三十袋左右木炭，其中也有一次可燒製五、六十袋木炭的大窯。砍下山上的樹，堆放窯中，然後點上火，大概一個禮拜後就變成了木炭。將燒製完成的木炭裝進草袋中，從積雪的山上一路運下山，到村子的距離將近四公里，一個人一次背三、四袋，一天要來回好幾趟。為什麼不用雪橇，因為山路難行。想到他們的辛勞，使用木炭的時候自然會特別珍惜。運下山來的木炭先堆放在大家共用的庫房中，先經過一道檢查程序，再賣到鎮上去。製炭似乎是山區居民最大的現金收入來源。他們同時也販賣不少柴薪，但近年來因為過度伐木，現在反而種的比砍的多。

山村居民的生活有很多不便的地方，正因為如此，養成了互助合作的習慣，反而讓人覺得很有意思。比方茅稈屋頂的修理或汰舊換新，都是每家排好先後順序，然後全村動員，各自拿著工具參加義務勞動。接受大家幫忙的屋主只需準備一些吃的東西。橋梁的修理、道路的維護也是大家出公差。只要有需要，村人自動伸出援手，在這邊是天經地義的事。

這裡山村居民的信仰極為虔誠，大部分都是淨土真宗的信眾。村落正中央甚至還豎著一座見真大師[32]供養碑，過去好像每個月都舉辦法會，村人以誦經供養。除此之外，這裡還存在一種民間特有的信仰，其科儀仍保留至今。比方小孩出生後，母親要抱著嬰兒，在稱為「善知識」的導師帶領下，於佛壇前面念誦誓願文。等到小孩五、六歲時，同樣也是在善知識的引導下，進行頗為嚴厲的儀式。據說如果不通

31日文作「庭拂」，是稻米收割、脫殼後舉行的儀式，一方面為收穫感謝神明，一方面祈禱翌年的豐收。

32見真大師是鎌倉時代高僧親鸞上人（Shinran, 一一七三至一二六三）的諡號，親鸞為日本淨土宗開宗祖法然（Honen, 一一三三至一二一二）弟子，著《教行信證》後立教開宗，主要教義有稱名念佛、他力本願（眾生皆可依阿彌陀佛本願而成佛）、惡人正機（煩惱具足的凡人是阿彌陀佛本願的主要救濟對象）等，為當今日本最大佛教宗派淨土真宗開宗祖。

過這樣的儀式，就會變成一個不受教的懶人。或許是這些信仰的存在，這個部落的居民心地都很純正，為人親切、溫暖、潔淨而有禮。走在路上不管遇到什麼人一定會打招呼。村裡的小孩遇到從東京來拜訪我的朋友，都會跟他們說「再見」，讓我的朋友們覺得很意外。也不知道是什麼緣故，這裡的小孩遇到陌生人都會以「再見」代替「您好」。大人之間也是一見面就彼此說「託福了，謝謝」，害我剛來的時候完全摸不著頭腦。部落的居民不喜殺生，他們不抓野兔，也不捕鳥。只有職業的獵戶或是城裡的狩獵師才會射雉雞。我小屋周邊有很多雉雞和各種山鳥，卻從來沒看過村人獵捕它們。戰爭剛結束時，很多軍用倉庫都被老百姓劫掠一空，這種事在這裡是不會發生的。總之部落中普遍的作風就是不做違背良心的事。

由於這一帶的土壤貧瘠，農作物不容易栽培，所以村人們在田裡也加倍辛苦。從夏至秋，天還沒亮就上山割草，待割好後背著像小山一樣高的草回到家裡，才開始吃早飯。這些草是牛和馬的飼料。一年之中依照不同的節氣都有該做的農活，他們也都做得有條有理、得心應手。春天忙著水田整地翻土，還要幫煙草、馬鈴薯除草；插完秧、蘿蔔也該播種的時候，差不多就到了盛夏。接著是盂蘭盆節[33]。這邊仍習慣使用舊曆，無論如何也改不過來，因為自古以來就是依照太陰曆來訂定農業相關生活作息的緣故。盂蘭盆節期間整個部落放下農活休息六天，舉行跳盆舞大會以及其他民俗活動。每個月的農休時間也是固定那一兩天，大家說好了一起放下工作。他基本上都是在某個作物的栽種告一段落時。每遇農休或節日，一定會做麻糬餅。他們可喜歡麻糬了，有時做紅豆口味，有時則是以核桃為餡，做好了家人一起吃；我也經常接受村人的餽贈。搗米做麻糬的杵和東京不一樣，是像月亮上玉兔拿的那種棒狀木杵[34]，四、五個人各持一杵，一邊吆喝一邊輪流下杵搗米。

盂蘭盆節過後，各種作物也陸續到了收割的時候，他們將順序都安排得很好，

33「盂蘭盆」為梵文 ullambana 音譯，意為「解倒懸」，佛教僧侶在夏安居（農曆四月十六日至七月十五日）結束時行供養父母、施食餓鬼儀式；盂蘭盆節在日本則結合佛教思想與祖靈信仰，主要活動是祭拜祖先與掃墓，與漢地中元節有別；明治改曆後變成新曆七月十五日，但仍有部分地區採用農曆，又稱「舊盆」。

34搗杵或作棒狀、或作槌狀。

一件做完接著一件，最後是割稻與脫殼。採收蘿蔔則是在秋末冬初，遍地曬白蘿蔔的景象真的很美。醬菜對農家是不可或缺的食物，他們會醃蕨菜，也會醃足夠吃一整年的黃瓜和長茄。他們還醃一種叫銀耳的蕈菇，蘿蔔就不用說了，不管是蘿蔔乾或鹽漬蘿蔔，每家都有好幾缸。這時也會製作味噌，其製作程序之繁複超乎想像。

整個夏、秋兩季大家都非常早起，勞動也特別辛苦，所以吃過中飯後每個人都會睡一個小時午覺。每到午睡時刻，整座村子悄無人聲，好像田地也睡了，山林也酣眠了。這樣做肯定有益健康，很像南洋地方的晝寢。

當所有作物採收完畢，最後是到山野割除茅草，山坡變得好像剪過頭髮一樣清爽。不久就是雪季即將到來的十一月末，大家開始撿拾作為冬天燃料的柴薪。每天看到村人勤奮地來回山林，連婦女、小孩都出動，人人背著堆得老高的一捆捆枯枝。完成這件事後，一年到頭的勞作總算告一段落，村人們鄭重地舉行「前庭灑淨」儀式，首先慶祝今年農事結束，同時也祈願接下來一直到春天為止雪季中的製炭作業順利。

這些山裡人家都是唱歌、跳舞的能手。節慶祭典的時候全村人聚在一起，打著大鼓邊唱邊跳。〈御祭之歌〉是這種場合的正式曲目，大家首先合唱這首歌，接著才唱其他歌曲。曲調極為悠揚高雅。小孩子們會在舊曆正月十五日那天跳名叫「收穫舞」的群舞，繞著村子在每家每戶前面跳，而各家也會回報以麻糬，跳舞的小孩拿到都興高采烈。秋天時村裡小學會舉辦一年一度的遊藝會，部落的青年男女都會來參加才藝表演。

冬天小孩喜歡滑雪玩樂，但大人似乎沒有這種雅興。當遍地積雪的時候，小孩到小屋找我都是滑雪過來的，之後也會在後面的山坡滑到盡興而歸。山口部落過去曾經出過參加全國滑雪比賽的好手，現在好像後繼無人了。

山村的小孩都很優秀。或許是在這樣的環境薰陶下自然成長的關係，他們善良、活潑、正直、充滿活力。雖然穿得有點破破爛爛，但他們一點都不在乎。他們常常在學校操場打棒球，每個人都反應迅速，打得非常好。打棒球似乎是年輕人最大的樂趣，只要農活一忙完絕對會看到他們打球的身影。打出全壘打的時候，棒球飛到菜園裡面去，然後就消失不見，怎麼也找不著，真是怪事。

四、五年前還不太注重小孩的衛生，毛蝨、蛔蟲、皮膚病、砂眼非常普遍，這些年改善很多，尤其是使用殺蟲劑ＤＤＴ後，芭蕉所謂「跳蚤蝨子擾清夢」的困擾幾乎不復存在。農家的馬廄等場所也大量使用這種藥劑。我的小屋去年夏天蒼蠅明顯減少，到今年更是完全消失。

人類的生活就像一張綿密的網，其中在文化方面如果只注重某一部分以追求速成，反而會造成不好的結果。像山口村這樣儘管看起來落伍，卻仍保留古老傳統習俗的地方，我覺得還是放慢腳步緩緩前進比較好。

山之春

嚴格說來，山村的三月還算不上是春天。即使已經到了三月春分之日，小屋周圍都還是滿滿的積雪，非得到五月中旬才會完全消失。籠罩整片山野的冰冷空氣，五月中迅速被推擁向北方，那時已經變暖的地底熱氣，加上陽光突然一起發動，讓春天迫不及待地現身，過沒多久又換成了夏天。東北地方的春天來得匆忙，蘋果花、梅花、梨花、櫻花等等這些春花的代表，都爭先恐後地開放，讓人覺得彷彿置身童話劇的舞台一樣。這是四月下旬的景象，不久前的三月，這些大自然的花朵還沉睡在樹木的嫩芽中，但所有雜誌的三月號都已不約而同地談論春天的話題，話說東京上野公園一帶的彼岸櫻這時也一定開始綻放了。日本是個南北延伸的狹長國家，各地節氣變化差異很大，有點奇怪，但也滿有趣：北方除雪車正忙，南方的桃花卻已經悠然地在每個村子盛開。

雖然大自然的季節變化有先來後到，但每個季節的物候無不遵循一定的規律，絕對不會隨便亂來。它們在地底下做好一切準備，然後依照順序毫無差錯地展開活動。當秋天樹葉落下時，它的芽苞隨即默默地將自己封存起來，度過嚴冬。看起來已經完全枯掉的樹枝，其實內部仍生機勃勃，開心等待來年萌芽綻放的時節。看到那些枯枝沐浴在冬日的陽光下，似乎可以感覺它們滿滿的喜悅。

山村三月儘管還積雪盈野，但畢竟已非冬季，而是毫無懸念屬於春天，即使下雪，也是旋即融解。零下十度左右的低溫逐漸減少，屋簷突然垂掛許多冰柱。冰柱在極寒的天氣裡反而不大出現，到了春初才會看到大冰柱。所以冰柱不是寒冬的標記，而是天氣即將轉暖的兆候。看到冰柱的圖片一般會讓人聯想到寒冷，但是對山村的居民而言，看到冰柱反而意識到春天已然降臨。

當冰柱大量出現時，覆蓋在水田上的冰層會開始出現裂縫。基本上它們是沿著田埂邊緣漸次融解的。接著會看到積雪的斷層，就像是高山上雪壁之間的通道。斷層崩解後，靠南面向陽處即露出披著枯草的泥土地面。土地經春陽一照，款冬的根莖立刻冒出綠色的蕗薹。蕗薹在這邊叫作「馬揭」。當看到半融的積雪間開始有兩枝、三枝馬揭破土而出時的喜悅，儘管年年都會發生，仍教我難以忘懷。那都是如假包換的維他命B和C啊。我趕緊採摘下來，先剝除深茶色的苞片，待晚飯時將這翠綠、柔軟、渾圓、飽含山林精氣、充滿生機的珍品，在地爐的鐵網上輕輕燒烤一會兒，裹上味噌，蘸一些醋，再滴一點食油，然後就著它微苦的口感吃下去。感覺把整個冬天所缺乏的維他命一次給補足了。如果採摘得比較多，我就學東京的母親那樣熬成佃煮存放起來。據說可以祛痰，以前父親常吃。

馬揭有雌雄之分，苞中的蕾形狀不一樣。雄株在晚春左右伸展得又長又高，種子上長著像蒲公英的毛絮，在空中隨著風大量飛舞飄散。

在吃馬揭的時候，山上赤楊的穗狀花也從枝幹上垂掛下來。赤楊在這裡叫「八束」（yakka），樹形很美，纖細的樹枝尾端垂下很多金色穗帶以散播花粉。有如小草袋狀的雌花最後會結成叫「矢車」的穗果，我會將它熬煮成汁，作為木雕的染料。

到了這個時節，地面積雪所剩不多，小路也重新出現，一派早春景象，田壟上冒出了許多野金針的嫩芽。將這嫩芽用油小炒一下，蘸糖醋味噌吃非常美味。山村的居民稱野金針為「郭公」。人們說因為它發嫩芽的時候郭公鳥（杜鵑）也會開始出現，而郭公鳥出現時就該準備插秧了——事實上並非如此。這時最漂亮的是靠水的邊坡上滿布的紅紫相間胡麻花，以及被厚厚綠葉托襯可愛的紫豬牙花，一株草一朵花，蔓生於濕地，有時茂盛到教人找不到落腳的地方，十分壯觀。豬牙花的根莖是片栗粉（日本太白粉）的原料之一，但因為採掘麻煩，製程也很繁複，現在用它製作的片栗粉反而成為貴重而難得之物。

藥用植物黃連盛開，以及臘梅那木質的黃花還在綻放時，紫萁和蕨菜也一起破土而出。紫萁發芽較早些，像戴著白棉帽在山坡向陽處漸次蔓生。將紫萁曬乾是很好的配菜，但要曬好不容易，如果不是深山採摘的，曬到最後會變得像絲線一樣細。蕨菜是山林間的雜草，一次長出一大片，簡直教人來不及採摘。採摘後如果不趕快在根部燒一下，就會硬掉。將它們一束束放入加了爐灰的溫水中浸泡一晚以去掉苦味，取出洗淨後一次煮熟，再泡在冷鹽水中，上面用石頭輕壓，以免蕨菜露出水面。

之後再換新的鹽水耐心浸泡，如此一來從夏至秋，一直到過年，都可以吃到青翠、口感極佳的鹽漬蕨菜。蕨菜盛產期間也是危險的野火頻發的時節，這留待其他文章詳述。

不久山野開始出現陽炎[35]和春霞。秋日黃昏藍綠色的青煙籠罩群山看起來極美，我們將它稱之為「巴哈藍」，春霞則顯得比較明亮，像蔚藍色的漆繪飄浮在山與山之間。這時遠方的峰巒仍一片雪白，但線條柔和的矮山只剩地面有些殘雪，因冬寒而焦枯的鉾杉[36]或松樹將矮山的輪廓染成了深褐色，春霞則像日本畫裡面暈染的霧靄般盤踞了山麓一帶，如此層層疊疊的峰巒，像極了許多剛出爐擺在懷紙上冒著熱氣的麵包。我坐在遍地枯草的一棵枯木底下，一邊凝望這樣的景色，一邊想道：「簡直是超大型的麵包嘛，看起來好好吃哦！」

初春時節村子裡就會看到不少樹鶯，在村屋的庭院附近鳴叫，但一直要到初夏

35因局部空氣密度不同引起光線折射產生的一種熱流蜃景。

36「鉾」同「矛」，鉾杉即長矛形的杉樹。

甚至入秋才會來到山區。那時不管在山林裡或其他地方，樹鶯叫聲之美冠絕群倫。尤其在飛越山谷時它的叫聲格外美妙。山上到了春天，鳥類之多簡直像動物園一樣，早晚更是恐怖。鳥類出現的頻率似乎和朝陽的強弱有些關係。黃鶺鴒、黑背鶺鴒、知更鳥、白腹琉璃、紅腹灰雀、山雀、金背鳩、雲雀等等多不勝數。路邊最常見的無非草鵐，早上天才蒙蒙亮，就開始「一筆啟上仕候」[37]叫個不停。

地上長滿了堇菜、蒲公英、杉菜和薊草，在小路上免不了要踩踏堇菜小巧可愛的花才能向前走。這些植物的嫩葉中，地方上人們最喜歡吃他們叫作「布葉」的野草。成長後的布葉學名叫「釣鐘人參」[38]，將它的嫩葉水煮後拌芝麻或核桃吃非常美味。在採摘時切斷處會流出白色乳汁，所以又稱為乳草。沿著小河會長出有毒的烏頭草或水芭蕉，看起來青翠可口，必須特別當心。植物學者白井光太郎博士據說就是為了研究烏頭草毒而過世的，這位光太郎可是非常謹慎，不想大意被毒草暗算，而是像法國國王那樣小心翼翼以免被有毒的菌菇所害。

在寫這篇文章的當下，季節也加快了腳步。在村路上偶然遇到的年輕人，不分男女都像剛睡醒似的水靈鮮活，手打的毛線衣穿在身上看起來特別輕盈。放眼望去，無處不是繁花似錦，還有好幾種楊柳科、殼斗科的各色鮮花，大都長得奇形怪狀，好像每一種都各自在山中發揮匠心，這樣說又有點匪夷所思。山梨的白，辛夷的白，忍冬的白，卻又白得各不相同。有一種叫錦帶花的淡紅色小花，好像是齒葉溲疏[39]的變種，開得漫山遍野，這時杜鵑差不多該吐芽了，很快山櫻也將一座座山巒染紅。當山櫻在不知不覺中將半山腰都變成整片奪目的粉紅色時，已經過了三月春分之日。小學校園裡面的染井吉野櫻則是趕著兩三天時間內全部開好開滿，蘋果園、梨園也是盛開淡綠的白花。國鐵東北本線的乘客沿著北上川南下時從車窗看到蘋果花那種潔白之美，彷彿夢境。

37「一筆啟上仕候（itpitsu-keijo-tsukamatsuri-soro）」是日本男性書信開頭慣用語，類似「謹此提筆拜啟」，此處為草鵐叫聲的擬音字。

38 釣鐘人參（學名 Adenophora triphylla var. japonica），為桔梗科的開花植物。

39 齒葉溲疏（學名 Deutzia crenata），為虎耳草科溲疏屬下的一個種；錦帶花學名 Weigela hortensis，為忍冬科觀賞植物。

這讓我想起過去曾經在復活節期間到義大利帕多瓦（Padova）一家古老旅館小住，當我打開它的玻璃花窗，即使是夜晚，眼前卻泛著梨花迷濛的白，當下有感而拈句道「春遊帕多瓦 古舍窗外夜色深 梨花映眼白」，忍不住搖了搖桌上的鈴，點了美味的奇揚地（Chianti）葡萄酒，興致極高還連喝好幾杯。我所住的這個山上，會不會有一天也可以像古城帕多瓦給人的感覺那樣，孕育出令人難忘的文化？就這裡而言，或許首先必須從掌握二十世紀後半的文化主流開始發展。在這樣的基礎上，這個山上或將會慢慢地培養出具有在地特色的文化出來。

山之秋

山裡的秋天始於舊曆盂蘭盆節前後。

啄木鳥和杜鵑過了七月中旬就不再聽到它們的叫聲，總覺得夏天的氣勢也消失殆盡，而水田裡的稻穗到七月底差不多開始抽芽了。在稻穗逐漸成熟的階段，山林和野地有一種叫作青虻的可怕馬蠅像烏雲一樣成群出動，讓人、畜都備受折磨。到山上工作的人都要用布將皮膚包得嚴嚴實實以免馬蠅叮咬，而被拴住的牛、馬等被叮咬得受不了還會掙脫繩索跑掉，那時常常看到逃跑的小馬經過我的小屋前面，村人也偶爾前來問我「看到馬跑來沒有」。

當稻穗都抽長後，田裡面的活兒就暫告一段落，累人的除草工作也好不容易結束了，來到盂蘭盆節的農休假期。盂蘭盆節的一個禮拜假期，對農家而言是一年之中不可多得的歡樂時光，首先是搗麻糬、做美味的料理，祭掃過祖先的墓之後，就是開心地跳盂蘭盆舞，村子裡的年輕人則熱中於打棒球。盂蘭盆節期間農家會舉行供養法會。我所在的部落，每年由各家輪流擔任主祭，負責到花卷町的光德寺延請和尚，並集合村民一起誦經。誦完經後依照慣例一塊享用各自帶來的料理、喝般若湯[40]，度過愉快的夜晚。和尚是踩了二十公里腳踏車過來的，擦汗淨身後，趁天還亮著，即在富麗堂皇的佛壇前誦起經來。村民們也在脖子上圍了一條很像輪袈裟[41]的飾帶，跟著和尚誦經。誦經結束後，隨即將食物擺在拿掉紙門隔板的大房間裡，然後依照本家、分家的親疏順序就座，酒宴即展開了序幕。負責斟酒的是未婚的女孩或已婚的妯娌們。時間差不多的時候，和尚帶著大家贈送的禮物，又騎上腳踏車回鎮上去，之後場面恢復原先的熱絡。敬酒時手持紅色大酒盞，高聲呼喊對方的姓氏或綽號，「敬田頭先生」、「敬老當家的」等等此起彼落，喝得非常盡興。

盆舞多半是在一座距離山口部落四公里的古寺昌歡寺境內廣場舉行。沿途本來是茅草、杜鵑叢生的廣袤荒野，如今放眼所及都是已經開發的拓殖地，村民沿著通往昌歡寺的筆直大道一路跳著盆舞過去。時序雖說已經入秋，但大白天還是非常熱，所以我沒跟他們去過那裡。有時隊伍回到山口部落，在小學操場跳起盆舞。

平常沒機會吃什麼宴席料理的村人們，在盂蘭盆節期間做了各式各樣的餐點，好像要把一整年的份都一次吃光似的。很多農家都會拿紅豆餅或柴魚乾來送我，更不用說也請我喝了不少濃稠的白色米酒。這種米酒釀得好的話，美妙的口感難以言傳，甜味與酸味比例適當，喝起來很順口，但勁道很強，一個人獨坐地爐旁以茶碗靜靜品嘗固然是無上的享受，但如果喝到的是沒釀好的酒也夠嗆的。既酸且澀，酒精濃度又高，喝下去即逐漸產生灼熱感，肚子有如火燒，而且在胃裡面仍持續發酵，教人不斷打嗝。儘管如此，村人還是為求一醉而貪杯，以致山村中患胃潰瘍的人極多。每年都有村人死於胃穿孔。農人們不喝酒就無法好好工作，清酒價高非村人所能負擔，造成這樣的結果也是莫可奈何。

40「般若湯」是日本僧侶之間的隱語，因為「不飲酒」是出家人戒律之一，於是說到「喝酒」的場合即以「般若湯供養」來代替。

41輪袈裟是一種簡化的短袈裟，在出家人進行作務或長距離移動時穿戴。

總的說來農村的酒宴絕對是毫無保留，當你被邀請到別人家裡作客，首先上來的是比較簡單的飯菜。大家坐在地爐邊上，先吃一兩碗米飯，配味噌湯和幾樣醬菜。接著邊抽煙邊閒聊，持續的時間相當長，從入座開始算大概三、四個小時，因為要等客人都到齊的緣故。當菜餚全部擺好，大家也就座後，有如既定的儀式般彼此開始互相斟酒、勸酒，不久場面即變得鬧烘烘的，一個個站起來一手把著酒壺、一手拿著木製漆塗外黑內紅大酒杯，搖搖晃晃到處找人敬酒。這時主人會從裡間搬出大鼓並「鼕」的用力一敲，客人裡面歌喉最好的即站出來發聲領唱，這邊的習慣第一首必定是眾人齊唱〈祝禱之歌〉。歌曲雖然單調，但暗藏著嚴整的格律，整首歌極長，總共分為五段。這首歌唱完後，村人一個接一個放聲唱出自己最拿手的歌，而應和節拍的擊掌聲清脆響亮，彷彿可以在群山之間發出回音似的。同時大家也沒閒著，豪氣萬千地牛飲白酒，看到有人躲酒，主人這邊立刻有人過去勸酒，對方伸手來擋，就把手推開，讓對方非喝不可。年輕女孩、少婦甚至老太婆都依序從裡間列隊出來，開始表演各種舞蹈。常見到她們跳的是大黑舞[42]。客人們也起身加入，腳步踉蹌地跳著，其中還有已經醉眼惺忪杵在原地不動的。如果不喝到爛醉就不能盡興，幸好我的酒量還算不錯，醉得再厲害也就是腳步蹣跚，當我喝得差不多顫顫巍巍走到出口，坐下來穿長筒膠鞋準備回去時，主人看到立刻拿著酒壺、酒杯追過來，盛情難卻我又喝了下去。這一杯叫「餞別酒」，喝過之後，他們就準備了禮物和幾樣菜讓我帶回去。走在入夜後的田間道路，從剛剛離開的農家那邊傳來的隆隆大鼓聲與人們的喧鬧聲幾乎要蓋過溪流的水聲。宴會到什麼時候才會結束，因為不在現場，我也不知道。岩手地方的人超乎想像的友善好客，即使場面跡近失控，也不會發展成拉扯動粗。大聲爭吵倒是常有，但是像關東人那樣一言不合就出手打起來，我住在這裡八年，一次也沒遇到過。

盂蘭盆節過後，整個世界彷彿冷清了下來。草木停止生長，開始專注於種子的孕育。菜地裡番茄、茄子、四季豆都結實累累，紅豆、大豆也接近成熟，七月土用

42大黑天（梵 Mahākāla）乃印度教、密教天神之一，作憤怒相除妖斬魔的戰鬥神，為民間信仰中常見保護神；大黑舞是日本節慶時戴著大黑天面具，在家家戶戶門前載歌載舞驅邪祈福的表演。

日前後播種的蘿蔔，根莖這時已明顯地抽長，白菜、高麗菜也開始結球，馬鈴薯摘過兩次花，塊莖逐漸膨大，母芋周邊也冒出了許多小苗，南瓜、西瓜、南部金瓜[43]都大方地露出可愛的果型。郊山四處裝點著醒目的白色野百合，當花香四溢時，接下來就是栗子登場了。

東北地方從山麓到低海拔的山上分布很多栗子樹。栗子樹木質堅硬，但長得又快，不管採伐多麼頻繁，也是很快又回復林木蔥蔥，而秋天甜美的栗實則是多到摘不完。我在山口部落後山的小屋，位於栗子林的正當中，到了九月底幾乎每天都在採摘栗實。

這時白天雖然還有點熱，但清晨的空氣則是略帶寒意的清涼。為了吸一口這種潔淨的空氣而打開大門，眼前是毬果爆開後不斷掉落地面的深茶色栗實。剛掉落不久的栗子不管顏色或光澤實在漂亮，有一種清潔之感，尤其是尾端那一抹分明的白，好像還蘊含鮮活的生命。在帶著濕氣的地面上，散落四處的栗子深茶色與黑色調配得非常高雅。當我開始撿拾，就發現到處都有，不管是繁茂的韭菜叢中、菊花底下背光處，或是茅草根部都泛著光。每天早上撿它一大籮筐，剩下的只好放棄了。一邊撿的時候，它還是噗噗噗掉個不停，砸在屋頂上的聲音意外的響。掉在山白竹上會有沙沙聲，掉在樹蔭灌木叢中則深藏不露，有點難找。

山上的栗子多屬栗實較小的柴栗，但小屋這邊的栗子大小介於丹波栗和柴栗之間，吃起來剛剛好。每天做栗子飯、水煮栗子，或在地爐上烤栗子。將爐灰中烤熟的栗子用濕紙包著在燈下慢慢咀嚼，不禁想起當年在巴黎的街頭小販叫賣「馬隆休―馬隆休」（marron chaud，烤栗）的香氣。將包烤栗的三角形紙袋放在口袋中，暖呼呼的邊走邊吃，記憶已遠彷彿夢境。那時在法國，如今在岩手，越想越開心。

部落的小孩和婦人們常常拿著籃子過來撿栗子。後山南側崖邊滿地多到撿不完，但似乎大家都知道哪一棵樹結的栗實特別好吃。拾栗也會走到深山裡面，有時遇到熊出沒的形跡，只好落荒而逃。熊也愛吃栗子和橡實，這個季節常常會出現。熊好

43 薄皮甜瓜的一種。

像喜歡在樹杈上架個板子，坐在上面飽餐一頓。

秋風來得突然，一天醒來發現已經換了季節。當猛烈掃過芒草叢的強風從西面的山那邊翻過來時，彷彿還是昨天中午的酷熱，一下被吹得不留痕跡，整個變成晴朗而乾爽，清涼無限，寶石般令人珍愛的東北地方之秋，一天接著一天。群鳥飛渡微帶綠意的澄澈藍天，紅尾伯勞邊飛邊叫，紅蜻蜓成群結隊低飛。一望無際的白芒花被風吹得猶如海浪般起伏，看到那大範圍的波動，我不禁聯想起華格納歌劇《黎恩濟序曲》[44]中波瀾壯闊的樂章。走在芒草叢中的小路上，沿途遍開蝦夷菊一類的白色或紫色小花，叢生的黃花敗醬和白花敗醬[45]則高高聳立在其他草花之上，不久桔梗的紫花就像張開的大眼睛一樣盛放，最後則是龍膽在低矮處露出了花蕾。龍膽是一種即使到結霜時節仍然開花、充滿生命力的植物。這時部落裡的小孩開始滿山遍野地找木通果[46]吃，以致路旁到處看得到吃剩下的漂亮淡紫色果皮，可以想像小孩們找到木通果時眉開眼笑的樣子。如果說孩子們愛吃木通果，牛、馬則大啖胡枝子[47]。這種豆科植物大概很對牛、馬的胃口，部落的居民會割很多，堆得像小山一樣扛回家，作為牲畜的飼料。胡枝子遍生於山野，岩手這邊長的則叫山胡枝子，花色比較沒那麼紅。我在小屋四周種的垂花胡枝子，花色則是深紅。胡枝子也是很強悍的植物，落葉可以收集作為肥料，秋天綻放大量鮮紅夾雜白色的花蕊，充滿迷人的風情。據說牛、馬特別喜歡吃白花胡枝子。此外秋季山野各種傘形科的花也非常醒目。楤木、獨活等伸展高大的花莖，在上空像灰白色的煙火般綻放。其他歸屬高山植物的花朵也是隨處可見，秋天如果不留神點，可能連路都走不了。

44《黎恩濟》（*Rienzi, der Letzte der Tribunen*），全名為《黎恩濟，最後的護民官》，是德國作曲家理察．華格納所譜寫的歌劇。故事敘述了十四世紀中葉的羅馬護民官黎恩濟的故事：黎恩濟因率眾反抗貴族們的暴虐使羅馬市民恢復自由，卻由於妹妹跟青年貴族的戀愛和別的因素，受到市民誤解而被殺，結果羅馬市民的自由也隨著消失。

45黃花敗醬（學名 Patrinia scabiosifolia）又稱女郎花、黃花苦菜，白花敗醬（學名 Patrinia villosa）別名男郎花、苦菜，都是忍冬科敗醬屬植物。

46五葉木通（學名 Akebia quinata）是木通科木通屬灌木，扁圓形果實成熟時，紫色果皮會裂開，露出可食的白色果肉；木質莖可作為中藥使用。

47胡枝子（學名 Lespedeza）是蝶形花亞科下的一個屬，為多年生草本至灌木植物，日文作萩。

為什麼說如果不留神連路都走不了呢？因為秋天蝮蛇特別多。蝮蛇在夏天時還挺安分的，入了秋好像就變得很毛躁，常常主動採取攻勢。它總是蜷伏在路旁蓄勢待發，當你一走近，它就突然飛撲過來。蜷伏似乎就是它的攻擊態勢。岩手地方稱呼蝮蛇為「真蟲」，我的小屋所在的樹林據說是真蟲的巢穴，和蝮蛇還挺親近的。蝮蛇好像喜歡家族群居在固定的巢穴裡面，因此每年都出現在固定的地點，不會四處亂竄。或許是這樣吧，我一次都沒有遭到毒蛇之難，但村人卻不時被咬。被咬了之後會嚴重紅腫，兩三個禮拜不消退。村子裡有一位捕蝮蛇的高手，他用木棒的前端緊緊壓制住頭頸部，讓蛇張開嘴巴，接著拔掉毒牙，然後熟練地從嘴部開始剝掉整張蛇皮。純白的蛇肉就現烤來吃，有時還配燒酒。活的蝮蛇拿到鎮上，一條蛇據說可以賣個好幾百元。花卷車站的站前廣場不拘何時都有賣蝮蛇乾的攤子。那可是如假包換的蝮蛇。

秋天的紅葉一般出現在十月中旬，但黃櫨和漆樹在九月底已經紅透。在一片以綠色為主的山林中點綴著亮麗的紅色，真是令人目眩神馳。過沒多久村子周圍的山巒由上往下逐漸浸染，最後滿山轉為繽紛而飽和的色調。雜木林的紅葉比單純的楓紅來得更美。紅、茶、褐、淡黃、金色，不同的樹種呈現相異的色彩，自然界的調配簡直無與倫比。山口山是座錐形山，當它山腰上的山毛櫸或連香樹等高大喬木輝耀著金色光芒時著實壯觀，彷彿在觀賞平安時代的佛畫。令人不解的是日本的油畫界似乎尚未將如此濃郁已極的秋色大膽地入畫。話說梅原龍三郎[48]的風格大概算是吧。所謂紅葉不只是樹葉，連樹下的草葉一片片都彌足珍貴。你就像走在織錦上面一樣。那些平常很少多看兩眼的雜草，這時也都帶著紅色的莊嚴。

中秋節多半落在十月上旬，滿月出現在恰到好處的方位，正好是人們抬頭仰望天空的角度。從我的小屋看過去，月亮自北上山系的餘脈——早池峰山偏南的低海拔山巒方向升起，一整個晚上掛在南天，緩緩地滑向秋田縣境連綿的群山。因為是

48梅原龍三郎（Umehara Ryusaburo，一八八八至一九八六），出身京都染織世家，留學法國師事雷諾瓦，當時高村光太郎正要回國，直接將畫室留給他；梅原畫風融入日本傳統絢爛色彩與豪放筆觸，為昭和年代畫壇重鎮。出身台南的畫家郭柏川與梅原亦師亦友，受其影響亦深。

纖塵也無的澄澈夜空，月光特別明亮。洗澡的時候，月光也盛滿了浴缸，出門走到原野上，芒花的穗浪泛著銀光。這種時候根本捨不得睡覺，我習慣沐浴在如此月光下，在杳無人跡的田野或山徑中漫步直到夜深。回到小屋後，或是切片西瓜，或是剝水煮栗子，也許吃吃小芋頭。那樣的夜晚我有一兩次還遇到美麗的狐狸。紅葉也到了開始掉落的時候，等月亮由圓轉缺，接下來就是蕈菇類盛產的季節了。

這一帶秋天最早出現的是名叫「網目」的蕈菇。這種菇的傘蓋內側沒有菌褶，但有無數小孔，形如網目故名，長在小屋四周赤楊或其他樹下的落葉中。只要發現一株，就可以接連找到一大片。有時會在草原上排成一列生長。這種蕈菇可以直接煮湯，也可以拿線串起來曬乾作為料理的食材。吃起來口味很普通，但也捨不得丟掉。松樹林附近會長出一種紅汁乳菇，但整個東北地方並不出產等級比較高的松茸[49]。不止少見，香氣和口味也比不上京都方面所產。這個地區數量多味道又好的是口蘑屬的蕈菇。金菇、銀菇[50]就是歸於這一類，外觀非常漂亮，吃起來也很美味。金菇色黃，銀菇色白，大小近似香菇，藏在落葉底下，於同一個地點繁衍群生。村人喜歡採摘後以鹽醃漬儲存起來，到過年時烹煮年菜用。銀菇做的味噌湯可說是山珍。紫丁香蘑是深紫色的漂亮蘑菇，但味道不過爾爾。栗茸、毛釘菇、雞油菌等可以食用的蕈菇這裡都有，但山裡並不長滑子蘑。有毒的蕈菇也是很多。鮮紅色的紅菇、星星點點的豹斑鵝膏都是可怕的毒菇，還有入夜後會發出螢光的月夜茸。它們和香菇長得幾可亂真，但會發出淡淡的異臭，傘部內面的菌褶也比較細小。漆黑的夜晚在樹根附近泛著朦朧的光，看起來有點恐怖。毒粉褶菌具有猛毒，毒鵝膏則是致命的。蕈菇中特別珍貴的有灰樹花和香蕈。灰樹花長在深山裡，大的可以重達三、四公斤，肥碩的蕈體上部伸展出許多有如老鼠腿一樣的白色蕈傘。味道極好，是料理人鍾愛的湯底原料。東北地方的冬季獵人也會專門到山上採集灰樹花，然後拿到鎮上高價

---

49 松茸（學名Tricholoma matsutake），又名松口蘑，是屬於口蘑科口蘑屬下的一種食用蕈，喜歡腐植質較少的乾燥土壤，秋天生長於赤松林或以針葉樹為優勢樹種的混合林，具有獨特的濃郁香味，為日本人珍愛的蕈中極品，猶如松露之於法國人。

50 金菇（學名Tricholoma equestre），又名黃占地、油口蘑、黃絲菌；銀菇（學名Tricholoma portentosum），又名霜降占地、灰褐紋口蘑。金菇、銀菇都是傘菌目真菌口蘑屬蕈菇。

出售，以暫時維持生計。香蕈這邊叫「馬販茸」，顧名思義看起來有點嚇人，外形好像將雨傘倒翻的酒碗，色黑而多毛，還真的挺像馬販子。香茸形體也很大，在鎮上頗受歡迎。曬乾後香氣四溢，是做清湯的理想食材。香茸本身很耐咀嚼，是口感極佳的蕈菇。我會拿蕈菇圖鑒比對，只要上面註明可以食用，我都會煮來吃吃看，連村人視為禁忌的我也照吃不誤。成熟後放出孢子像在冒煙的土柿茸，我會趁它還沒變老之前採來吃，吸濕地星我也吃過。吸濕地星形體較大，看起來有點笨拙，村人乾脆叫它紅豆麵包。的確一副紅豆麵包的模樣，雖然口味不怎麼樣，卻很可愛。

秋天的鳴蟲是談不完的。總之所有種類的鳴蟲入夜後不約而同在小屋四周開始鳴叫。只有寬翅紡織娘的鳴聲沒聽過，也許它是村落裡生息的昆蟲。和東京一樣，這裡的蟋蟀也是留到最後，直到開始下雪的時候還可以聽到它們在某個角落斷續鳴叫的聲音。感覺像在訴說哀怨，但同時也歌頌了生命的強韌。

進入十月後是農家這一年來的收穫季，既興奮又忙碌的日子要持續到十一月一整個月。首先是收割稗子。稗子是很容易掉穗的作物，所以有特定的收割時間。從根部下刀，大約十株捆成一束，呈三角形豎立排列，好像叫作「縞（sima）」。接著收割小米。小米的黃色穗簇飽滿下垂的模樣非常好看。馬鈴薯全部挖了出來，四季豆、紅豆和大豆也都摘取得乾乾淨淨。將摘取大豆後剩下的稭稈堆在農家屋簷下晾曬，是牲畜冬天重要的飼料。割稻子則像作戰一樣。收割期間農家全部出動，從早到晚沒一刻休息。看起來是在和天候競爭。收割後的稻束先倒著並排在田壟邊暫放幾天，之後再正式掛上稻架排好。田地裡豎起粗圓木棍組合而成的稻架，稻束或是疊在高處，或是堆在低處。晚上看過去，有如站成一排的巨人。一般是做成棚架般，將木棍橫著放成四層，稻束緊緊挨著倒掛其上。有點像道路兩旁架設了稻穗所做的圍牆似的。走在金色稻穗的圍牆間，有一種獨特的、甜美無比的強烈稻香飄蕩過來，令人不禁產生「啊，村人的農事已經順利完成了一大半」的安心感。我去城裡辦事回來的路上，看到這些稻穗心情特別好。稻穗的穀粒有大有小、長短不一。也許是稻種不同的關係，但走在那帶著微溫、有如母親懷抱、芳香甜美的氣息中，總是感到由衷的歡喜。走過村落，慢慢接近林蔭下自己的小屋時，稻香中飽含的人世氣息不知不覺消失，變成了秋日山野嘩嘩吹拂富含臭氧的微風，那種新鮮無比、彷彿宇宙感覺的東西溢滿了胸懷。

花卷溫泉

從花卷市區有兩線像是自宮澤賢治詩中走出來的夢幻而可愛的電車，緩緩地分別朝東、西兩方前進。往東的是以花卷溫泉為終點的花卷線，更往裡還有臺（Dai）溫泉；往西的則是途經志戶平（Shidotaira）、大澤（Osawa）、鉛（Namari）等各溫泉，以西鉛溫泉為終點的鉛溫泉線[51]。

這東西兩方的溫泉群統稱之為花卷溫泉鄉。最近一些做派較新的旅行者，在花卷站下車後，多半是搭著高檔的自用車，頭也不回直接往目的地的溫泉奔馳而去，那種自用車轉眼即到的距離，如果搭輕便鐵路，到花卷溫泉是半個鐘頭，到鉛溫泉

51 花卷電鐵的鉛線與花卷溫泉線，都是戰前開業的特殊窄軌（軌距七六二公分）電車線，前者為軌道線（敷設於道路上），後者為鐵道線（與一般道路分隔），分別在一九六九、七二年廢線。鉛溫泉在花卷市區西北，花卷溫泉在花卷西北偏北，作者以東、西標示其方位，不知根據基準何在。

則要一個鐘頭，沿途豐富的地方色彩卻足以喚起旅情。

鉛線的第一站是以溫泉泳池聞名的志戶平溫泉，現在也作為奧運游泳選手的訓練營。即使下雪也可以游泳是它最大的賣點，常常被用作雜誌的扉頁圖片。

接下來的停車站是大澤溫泉，沿著豐澤川（Toyosawagawa）兩側建了不少溫泉旅館。這裡的風景好過志戶平，居民也較為淳樸，溫泉的水質又好，所以我常來這裡的山水閣泡湯。

從花卷車站出發後一個鐘頭，終於抵達第四站鉛溫泉。鉛溫泉位於地勢較高的深山地帶，現在車輛已經有除雪裝置，當年我還住花卷時，一下雪電車就要停開，有點不方便。

鉛溫泉的水質自古以來即被視為名湯。在旅館的一棟附屬建築中設了座極大的浴池，可以同時容納很多人。如果從稍高處俯視人們一個緊挨著一個的景象，簡直像在曬蘿蔔乾一樣，十分壯觀。

多數的溫泉旅館都是從外邊的泉眼引水過來，鉛溫泉則直接來自地底湧泉。如果用腳攪動池底泉眼附近的細沙，即會產生許多泡沫，不斷摩擦肌膚，非常好玩，據說也有相當的療效。

過去是男女混浴，一般居民、在地的少女和城市來的遊客，大家都愉快地一起泡澡，後來警察變得很囉嗦，說「男女不分開不行」，於是中間裝了一個象徵性的隔板，結果大家反而覺得更刺激有趣。

起先大家還是男女有別的入場，但本地的女人比男人還大膽，一踏進浴池即開始引吭高歌，於是男人們也出聲應和，最後則是變成有默契的對唱，一方在唱的時候，另一方即起音換個調子，雙方都敲著隔板打拍子，氣氛越來越熱烈，直鬧到隔板也被移除為止。真是開心而妙不可言。

在如此偏僻的山區建了這麼多大型旅館，而且都是鋼筋水泥建築，很是教人驚奇。

我還會做一件事：當我來山中泡湯時，尤其像這種建在較高處的旅館，我一定至少隨身帶條繩子。這樣即使發生火災，只要有繩子，即可輕易幸免於難。

從鉛溫泉再往裡走四公里，就是終點西鉛。這裡的河邊上有天然湧泉，住宿方面只有一間更生寮[52]兼營的旅館，所以房費也非常便宜。

我也曾在肺病發作後來這裡待了十幾天。這座更生寮大概是明治初期的建築，出自一位醉心於建築工藝的匠人之手，絕對夠資格列為文化資產。整棟建築都是用楔子接合固定，浴場入口栗木橫梁之巨大足以令人瞠目結舌。連紙拉門的木框上也雕刻了各種不同的紋樣。我做了許多素描，總之單單只為看這棟建築而特別來一趟西鉛都值回票價。

西鉛再進去，有一個豐澤部落。雖然有國道經過，但因為人煙稀少，呈現一片茫漠的草原景象。這裡居民之淳樸是東京那邊難以想像的，捕熊的高手就是出自這個部落。東北地方稱呼獵師為「又鬼」[53]，你只要打聲招呼，他們連熊膽都可以給你。由於物資匱乏，能夠有粗製的濁酒喝就很滿足。稅務員如果不小心講了什麼不得體的話，他們會一起包圍著你，把你弄得個半死不活。傳說中豐澤部落是稅務員的鬼門關。

秋天盛產品質上乘的蕈菇。不過滑子蘑、香蕈、馬販茸、毛釘菇等不到深山是採不到的。豐澤的「又鬼」中以及一般百姓裡面也有採蕈菇的能手，他們會採摘上述這些蕈菇到各部落高價賣出。即使對親生子女，他們也不透露蕈菇生長的地點，絕絕對對守口如瓶，對我們那更什麼都不會說。如果拜託他們帶路，途中他們會指給你看一些不值錢的蕈菇所在，然後說「接著我們各走各的吧」即頭也不回地離去。

花卷線方面，能稱得上溫泉圈的只有花卷溫泉與最裡面的臺溫泉兩個地方。嚴格說來，花卷溫泉其實是人工所創造出來的溫泉——建在幾座中海拔山巒之間的坳地上。

52 更生寮是公營的更生保護設施，讓剛出獄的受刑人在回歸社會前的過渡階段，有一個食宿無虞的地方，並接受就業輔導，以期自力更生、恢復正常生活。

53「又鬼（matagi）」是傳統的冬季獵人，在山區捕捉熊、鹿、山羊、野兔等，夏季則從事農、林、礦業相關工作。

在宮澤賢治的父親與當時擔任岩手殖產銀行總裁的金田一國士（Kindaichi Kunio）氏及其他五、六人的倡議下，從臺溫泉將高溫的泉湯用管子引到原來的自然公園——現在的花卷溫泉這邊。花卷溫泉的旅館表面上好像各自獨立的競爭對手，其實所有旅館都隸屬於同一家公司。因此不同旅館之間並沒有你死我活的惡性競爭之虞。這一點是東北地方，尤其花卷人擅長的商業模式，現在他們以這樣的商法壓倒盛岡，並在全國獲得成功，一點也不意外。

金田一氏乃出身花卷的偉大實業家之一，讓輕便鐵道從釜石（Kamaishi）開通到花卷，又開設製冰廠，造成漁獲運輸保鮮的新風潮，他的成就有目共睹。為了花卷的發展，他也是無保留地傾注心血。後來因為席捲全國的經濟大恐慌（直來直往的個性和當時的經濟產業大臣理念不合，結果無法獲得紓困資金）而破產，讓花卷的老百姓也隨之陷入困境，對他極為憎恨，金田一氏不得不遠走海外。晚年仍未獲得鄉里的諒解，在東京抑鬱以終，但我覺得大家不應該忘記金田一氏曾經對花卷的貢獻。最近在花卷溫泉建了他的紀念詩碑，上面的頌詩由我撰寫，表達我對他的送別之意。

花卷溫泉還有一件有意思的事，就是詩人宮澤賢治也參與了溫泉的設計。賢治在溫泉的話題還沒被提起前，就看準這片當時是自然公園的土地，並一再力勸他的父親買下來。父親大概覺得這樣有點投機難免幾分風險，於是一直拖延不做決斷，直到溫泉區的構想開始成形，再也沒辦法獨資購買，但從這裡可以看出賢治的遠見。

從他留下來的筆記中，可以看到他描繪了如何美化花卷溫泉的詳細計劃。比方為了一年到頭都有鮮花盛放，必須選擇種什麼樣的花比較好，或是要種植整排的櫻花路樹，另外可以像東京日比谷公園那樣把花種成各種圖案，還有設立植物園，裡面有許多可以作為標本的樹種，並飼養小鳥或野獸，在在都是獨創的想法。

如今溫泉區正當中的幹道所種的櫻花路樹已經變成知名景點，還有溫泉泳池、動物園、植物園、網球場、高爾夫球場等應有盡有，全都是源自賢治的構想。

前面說過花卷溫泉的旅館全部隸屬於一家公司旗下，但本身還是做了等級的區分。位在最裡邊的水雲閣規模最大，建於較高處的別館更是頂級，入住的淨是皇族或富豪。我曾經進去參觀過，建築的確氣派。在水雲閣下方，則有紅葉館、千秋閣、花盛館以及其他兩三家。對於不喜歡水雲閣那種一板一眼氣氛的人，就會選擇其他這幾家。

另外幹線道路兩側也有附帶溫泉的出租別墅，通常都是夫妻或親友結伴入住。過去溫泉水引自臺溫泉，缺點是水溫不夠高，現在將水管加粗，溫泉水一路過來還是熱騰騰的。大部分的旅館都有三、四座浴場，也有家庭浴池。

負責這邊營運的是五、六位高級幹部，他們每個頭腦都很好，而且身懷絕技。例如其中一位經理是原岩手縣的游泳冠軍，現在擔任溫泉泳池的管理顧問。還有柔道和射箭高手等，由於他們的存在使得花卷溫泉欣欣向榮。

女服務員的訓練則注重知識的灌輸，每年都舉辦講習會等活動，增進她們對鄉土歷史的理解，並學習各種傳統歌謠。只要提出要求，就可以看到她們表演著名的獅子舞和秧歌舞。

臺溫泉位於花卷線終點再進去四公里左右的地方。配合電車發車、抵達時間有巴士往來其間接駁乘客。

那邊地勢雖然窄仄，卻也建了超過十間以上的溫泉旅館，還有好幾軒藝妓屋。泉質很不錯，所以我偶爾會去走走，不過三味線「琤琤琤」整晚彈個不停也實在傷腦筋。話說他們提供的優質服務非常到位，即使東京人也會覺得賓至如歸吧。只要熱海[54]那邊流行什麼新花樣，這裡馬上跟著學。儘管僻處深山，但跟上流行的速度卻是比哪裡都快。

記得從前我和草野心平[55]一起來臺溫泉玩，隔壁大聲喧嘩，樓下唱歌，對面跳舞，搞得我們整晚沒法睡，兩人索性開始對飲。櫃台知道我們能喝，指派一位同樣善飲

54 熱海（Atami）屬靜岡縣，位於伊豆半島北部，以溫泉聞名，為大東京都會區重要的旅遊勝地。
55 草野心平（Kusano Shinpei，一九〇三至一九八八），詩人，以前衛手法描寫生物、大自然，甚至被稱為「蛙之詩人」，是宮澤賢治、高村光太郎作品整理、出版的關鍵人物。

的女服務生過來，說要把我們灌倒。很快就多了幾十支空酒瓶。如果不懂得適可而止的話，結局肯定非常慘烈。

事情總有好壞兩面，如果用來舉辦宴會之類的活動，這裡倒是可以賓主盡歡。簡單說，先在花卷溫泉遊逛，然後到臺溫泉過夜，大概就是這樣的玩法。

秋天到花卷旅遊，或冬天前來滑雪都不錯，但最理想的時期還是花季。春天和夏天旅行團川流不息，稍微錯開會比較好。

這裡的特產有評價不錯的紅豆餅、木刻小玩偶和煙斗，還有本地才買得到的瓷器。以花卷的瓷土燒製出來的碗非常雅致。

此外綠雉、銅長尾雉[56]等料理，或是本地栽培的各種無奇不有的水果，好吃的東西極多。旅館提供的餐點以房價來說也是超值的。

撇開這一切，我還喜歡這裡的人就像溫泉浴池一樣清澈透明。不管是去水上[57]或熱海，雖然我自認口才還不錯，結果還是抵擋不住別人的勸酒攻勢，總覺得對方越是客套，越是教人不能不提高警戒。只是麻煩他們去車站幫忙拿個東西，回來一定非要灌我酒。這種事在花卷溫泉是沒有的。你沒有防人之心，對方也是直來直往，大家互動都是開誠布公。

花卷溫泉真是個好地方。

（談話筆記）

56 綠雉（學名 Phasianus versicolor）是雞形目雉科鳥類，日本特有種、國鳥，為環頸雉亞種。銅長尾雉（學名 Syrmaticus soemmerringii）是雉科長尾雉屬鳥類，日本特有種，日語中稱為山鳥。

57 水上（Minakami）是位於群馬縣的溫泉鄉。

附錄：略年譜

日本年號 西元	記事
明治十六年 一八八三	光太郎．生於東京，為雕刻家東村光雲長男，母本名若，通稱豐
明治十九年 一八八六	智惠子．生於福島縣安達郡，為釀造業長沼今朝吉長女
明治二十二年 一八八九	東村光雲獲聘至東京美術學校奉職
明治二十三年 一八九〇	東村光雲獲選為帝室技藝員
明治三十一年 一八九八	光太郎．十五歲入東京美術學校雕刻科就讀
明治三十三年 一九〇〇	光太郎．加入與謝野鐵幹「新詩社」，詩、短歌作品投稿其同人刊物《明星》

明治三十五年 一九〇二	光太郎．十九歲自東京美術學校雕刻科畢業，續留研究科
明治三十六年 一九〇三	光太郎．第一次知道羅丹其人及其雕刻，深受震撼 智惠子．十七歲自福島高等女學校畢業，入日本女子大學就讀
明治三十九年 一九〇六	光太郎．二十三歲，二月前往紐約，在國家設計學院（National Academy of Design）夜間部就讀，並擔任雕刻家波格蘭臨時助手；十月入紐約藝術學生聯盟（The Art Students League of New York）夜校；認識柳敬助、荻原守衛
明治四十年 一九〇七	光太郎．六月前往倫敦，開始領取農商務省海外實業練習生的津貼；在博朗金（Frank Brangwyn）繪畫教室上課，結交畫家、陶藝家李區（Bernard Howell Leach） 智惠子．二十一歲大學畢業後入太平洋畫會研究所學習油畫
明治四十一年 一九〇八	光太郎．六月前往巴黎，開始系統閱讀法國現代詩人作品，受魏爾倫（Paul Verlaine）、波特萊爾（Charles Pierre Baudelaire）等人影響
明治四十二年 一九〇九	光太郎．二十六歲，離開巴黎，經義大利於七月回到東京，改建祖父退休居所為雕刻工作室；於刊物密集發表短歌、評論、翻譯
明治四十三年 一九一〇	光太郎．於神田淡路町創辦日本最初畫廊「琅玕洞」，成為新藝術據點

明治四十四年 一九一一	光太郎・由短歌創作轉而大量寫詩；「琅玕洞」歇業，因經濟與大環境帶來的困頓，想移居北海道從事酪農不成；雕刻無處發表，改油畫創作 智惠子・二十五歲，立志成為油畫家，為雜誌《青鞜》繪製封面插圖；經女子大學學姐、柳敬助夫人八重子介紹認識了二十八歲的光太郎
明治四十五 大正元年 一九一二	光太郎・於駒込搭建工作室；六月至犬吠岬寫生旅行，巧遇智惠子；十月與岸田劉生等創立「木炭會」並舉辦第一次美展
大正二年 一九一三	光太郎・「木炭會」第二次美展後解散，與岸田另創「生活社」；夏，光太郎、智惠子結伴到上高地寫生旅行，決意結婚；智惠子因濕性肋膜炎影響健康；十月「生活社」展，光太郎發表上高地油畫、素描作品
大正三年 一九一四	光太郎・詩集《道程》出版；十二月與智惠子開始同居，光太郎三十一歲、智惠子二十八歲，生活陷於經濟的困窘
大正六年 一九一七	光太郎・三十四歲，為紐約雕刻個展成立「雕刻會」募資計劃失敗，留下初期代表作《手》、《裸婦坐像》
大正七年 一九一八	智惠子・父今朝吉去世
大正十年 一九二一	光太郎・五年來陸續譯編《羅丹語錄》兩冊、翻譯《回憶梵谷》、《惠特曼自選日記》、埃米爾・維爾哈倫（Émile Verhaeren）詩集等。

大正十二年 一九二三	光太郎・一月因流感咳血；九月關東大地震
大正十三年 一九二四	智惠子・身體相對健康的幾年 光太郎・詩作進入《猛獸篇》時期
大正十四年 一九二五	光太郎・聖德太子奉贊展發表塑像《老人頭像》、木雕《鯰魚》；九月母親若去世
大正十五 昭和元年 一九二六	宮澤賢治（三十歲）到工作室拜訪光太郎（四十三歲）
昭和二年 一九二七	光太郎・《羅丹評傳》出版；第一屆大調和展發表塑像「智惠子頭像」及木雕《魴鮄》、《鶯》、《桃子》
昭和三年 一九二八	光太郎・第二屆大調和展發表塑像《住友君頭像》、木雕《石榴》
昭和四年 一九二九	智惠子・娘家破產，健康惡化
昭和六年 一九三一	光太郎・八月至三陸地方取材旅行，期間留守家中的智惠子出現思覺失調症初期兆候
昭和七年 一九三二	智惠子・七月在自家畫室吞食大量安眠藥自殺未遂

昭和八年 一九三三	光太郎、智惠子正式結婚，前往東北地方旅行，智惠子病情反而惡化
昭和九年 一九三四	智惠子・五月到九十九里濱移地療養，與母親、妹妹夫婦同住，光太郎每週一次自東京前往探視 光太郎・十月父高村光雲辭世
昭和十年 一九三五	智惠子・二月入品川詹姆斯坂醫院住院治療
昭和十一年 一九三六	智惠子・開始創作剪紙畫 光太郎・十二月大量咳血
昭和十三年 一九三八	智惠子・十月五日夜，因粟粒性肺結核於病室中去世，五十二歲，留下千枚以上剪紙畫
昭和十五年 一九四〇	光太郎・十一月詩集《道程》改訂版刊行；中央協力會議（支持戰爭的外圍組織）議員
昭和十六年 一九四一	光太郎・五十八歲，八月詩集《智惠子抄》、隨筆集《關於美》出版
昭和十七年 一九四二	光太郎・一月評論集《造型美論》、詩集《給偉大的日子》刊行；以詩集《道程》獲頒首屆日本藝術院獎
昭和十八年 一九四三	光太郎・四月隨筆集《某月某日》、十一月詩集《大叔的詩》出版

昭和二十年 一九四五	光太郎．四月十三日夜，工作室因空襲燒毀；五月疏散至岩手縣花卷町宮澤賢治之弟清六家；八月清六家亦毀於空襲；十月入住花卷郊外稗貫郡大田村山口部落簡陋小屋，展開長達七年農耕自炊生活；期間因雕刻製作環境不足，作品以詩和書法為主
昭和二十二年 一九四七	光太郎．七月於《展望》雜誌發表關於生涯回顧的組詩〈暗愚小傳〉；工作過勞即咳血成為常習
昭和二十五年 一九五〇	光太郎．十月收錄戰後作品的詩集《典型》出版，獲讀賣文學獎；十一月詩文集《智惠子抄之後》出版
昭和二十六年 一九五一	光太郎．為肋間神經痛所苦；六月隨筆《獨居自炊》出版；九月《高村光太郎選集》全六卷開始刊行，至一九五三年初完結
昭和二十七年 一九五二	光太郎．六月獲青森縣委託在十和田湖畔製作國立公園功勞者紀念碑；十月結束山居生活回到東京，為紀念碑計劃入住故中西利雄工作室
昭和二十八年 一九五三	光太郎．六月呈現智惠子身姿的紀念碑原型定稿；十月紀念碑塑像《裸婦像》完成
昭和三十年 一九五五	光太郎．四月健康惡化，入赤坂見附山王醫院住院治療；岩波文庫《高村光太郎詩集》出版
昭和三十一年 一九五六	光太郎．四月二日晨因肺結核病逝，七十三歲；五月隨筆《山之四季》出版

譯後記

吳繼文

翻譯是必要之惡，尤其是詩。

古代翻譯佛經，由國家提供人力、物力資源，網羅海內外精英，集體作業，譯場組織完備，設有譯主、筆受、證義、潤文、校勘等，細分甚至到十幾種職務，以其審慎程度，應該沒有什麼不能解決的翻譯問題，結果還是有所謂「五不翻」。現代譯者自己就是一座譯場，而且還沒有「不翻」的紅利，遇到以用字精鍊、意在言外為尚的詩，咬文嚼字起來還真是「撚斷數莖鬚」不止，到最後仍充滿不安，深恐愧對作者。因而在體例上盡可能忠於作者分行斷句與順序、標點有無、分段與否，並尊重作者語意、意象及其時代語感。

內文中若括弧內容為作者原文則字體大小不變，若為譯者所加則縮小字體以示區分。長度、面積、容量等依照明治二十四年頒布、昭和二十六年廢止的「度量衡法」，比方一尺約三十公分，一間約一．八公尺，一町（六十間）約一〇九公尺，一里（三十六町）約四公里。

〈回想錄〉及〈山之四季〉的「花卷溫泉」篇，文末均註明為「談話筆記」，內容難免略顯鬆散、蕪雜，但也如實映現當年的世相，前者如人鬼雜處的舊江戶城下町生活繪卷、庶民驅魔去邪的萬應良方「九字護身法」，後者如男女混浴風情、「又鬼」傳說等，彌足珍貴。只有細節才能讓曾經活生生存在的人們，以及僅僅屬於他們的時間和空間再現莊嚴，因為無可取代，也難以複製，不被輕易付諸南柯一夢。

《智惠子抄》以一九五六年新潮社的新潮文庫版為底本；《山之四季》以同年發行的中央公論社版為底本。

◆

我的前面沒有路
我的後面都是履痕路跡
啊啊自然喲
父親喲
讓我獨立於世的廣大無邊的父親呀
請時時刻刻守護著我吧
願父親的魂魄總是充滿我身吧
為了這迢遙的道程
為了這迢遙的道程

這是有獨立蒼茫之感的〈道程〉，光太郎最膾炙人口的一首詩，短短九行，收在一九一四年十月二十五日由抒情詩社出版的同名詩集《道程》中，它的原型，則是刊登在當年三月五日發行的《美的廢墟》雜誌第六期上，長達一〇二行的〈道程〉。

短期間內進行大規模的刪削，彷彿可以看到光太郎作為江戶木雕職人傳承者的潔癖：收放有度的飽滿，以及對贅肉的零容忍。

長版〈道程〉多方面鋪陳類似的孤絕心境，捕捉了生之靈光乍現的一刻：「我總是佇立在路的盡頭」，而唯一信靠如父的大自然，竟然只是微微一笑即鬆開它的手，隱沒在永遠的地平線彼方，一開始我驚惶如棄兒，然深吸一口氣後，卻清楚感受到作為一個**赤子**的使命。

◆

光太郎從木雕職人的正統訓練出發，父親光雲又是一代巨匠，他可預見的平穩、安全、理所當然的路早已被決定，但歷經紐約、倫敦、巴黎藝術與文學的刺激，尤其是充滿活力的庶民生活之洗禮，枷鎖頓獲解放，深感作為一個小寫的人之自由與尊嚴的可貴，回首來處，那個遠方的保守國度何其蕭瑟，劣等感油然而生，甚至強烈自我嫌惡，原先十年的遊學/藝術武者修行計劃，不到四年即戛然而止，如道元禪師當年靈光乍現（或云「開悟」）獲師父如淨印可，落拓離開寧波天童寺「眼橫鼻直，空手還鄉」，光太郎想回去做一場**典型**的對決（典型 vs. 典型）。後來他有一本詩集就叫作《典型》（一九五〇）。光太郎和道元都用他們之後人生中的所有作為，向世人證明那乍現的靈光，或者說開悟的真實內容。

有一陣子光太郎淨雕些木刻小品，如鯰魚、石榴、蟬或白文鳥，試圖用最唾手可得的事物揭示何謂**雕刻性**，為什麼桃子有而蘋果沒有；有意義的作品不是惟妙惟肖、纖毫畢露的寫實，而是自然動勢（mouvement）的有無。但雕刻無法完全滿足他表現上的慾望，如果不將此慾望用文字表現出來，勢必轉移到雕刻之中，讓雕刻成為文學的附庸，於是為了維護雕刻的純粹性，他大量寫詩。雕刻性也好，雕刻的純粹性也好，在日本的創作者要嘛從未意識到，或者知道也不在意的東西，卻是光太郎的念茲在茲。

◆